U0918381

青春之光

我想听到你们的掌声

一路开花／编

煤炭工业出版社
·北　京·

图书在版编目（CIP）数据

我想听到你们的掌声：成长卷 / 一路开花编. --
北京：煤炭工业出版社，2018（2021.7 重印）
（青春之光）
ISBN 978-7-5020-6613-0

Ⅰ. ①我… Ⅱ. ①一… Ⅲ. ①散文集—中国—当代
Ⅳ. ①I267

中国版本图书馆 CIP 数据核字(2018)第 092828 号

我想听到你们的掌声——成长卷（青春之光）

编　　者　一路开花
责任编辑　刘少辉
封面设计　宋双成

出版发行　煤炭工业出版社（北京市朝阳区芍药居 35 号　100029）
电　　话　010-84657898（总编室）
　　　　　　010-64018321（发行部）　010-84657880（读者服务部）
电子信箱　cciph612@126.com
网　　址　www.cciph.com.cn
印　　刷　唐山才智印刷有限公司
经　　销　全国新华书店

开　　本　880mm×1230mm 1/32　**印张**　9　**字数**　240 千字
版　　次　2018 年 6 月第 1 版　2021 年 7 月第 2 次印刷
社内编号　20180307　　　　**定价**　58.00 元

CONTENTS
目録

第一辑
坏孩子也一样有成长的特权

当年的那个坏孩子，由于成长的波折，不但拥有了异于常人的领悟，更得到了许多长者的忠告。那些无形的领悟和智慧，终于成了后来时光中的特权，让他无畏荆棘，心似莲花。

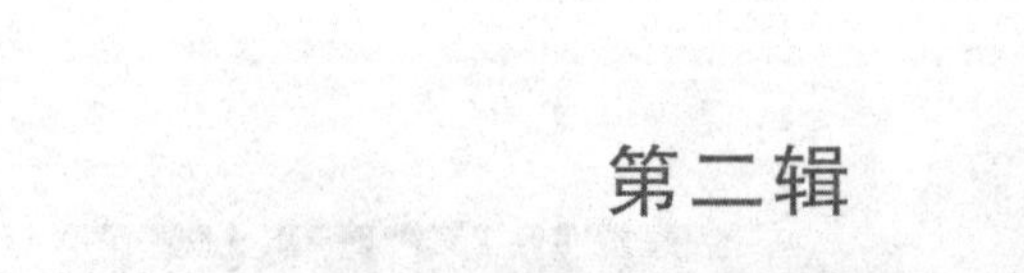

第二辑

一个人的操场不寂寞

重点高中的录取通知书寄来时，父母比我还高兴。我望着喜笑颜开的双亲，心里感慨万千：谁都会有缺点，但能够为了自己所爱的人努力做改变，这是多么伟大的事。因为爱，我们变得宽容和豁达；因为爱，我一个人的操场并不寂寞。我知道父母永远会陪着我——我从来都不孤单。

第三辑

每个人都有不可复制的往事发生

我明白苏庭苇的忧伤，就像当初我被众人嘲笑时，那种彻骨的心痛。我们约定好，做最强劲的对手，亦是最好的朋友。我相信一定可以的，因为我们都有一段不可复制的往事，我们需要真正的友谊，我们懂得珍惜，我们有相同的梦想。最重要的是，我们读懂了彼此间的真诚，惺惺相惜。

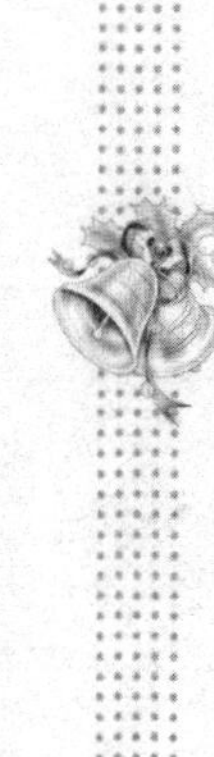

第四辑

那时我们都那么年轻

那是存在我记忆里最深刻的一次平安夜，挥之不去。年轻的我，可以为了送一个苹果而偷偷地蹲在水果店的门外，却不敢轻易进去。那是一种令我在成长的角落里哭了整整两个小时的情绪，而成长不就是一件重的礼物、一次痛的领悟吗？

第五辑

你不坚强，流泪给谁看

生活那么现实，如果你不坚强，流泪给谁看？我想，我们的爸爸也不喜欢我们整天泪流满面的样子吧？弟弟，我们一起坚强面对生活吧，让我们的妈妈可以因为我们而欣慰。我们是一家人，无论面对什么事情，我们都可以携手一起走过。这世上，唯一的“救世主”就是我们自己。

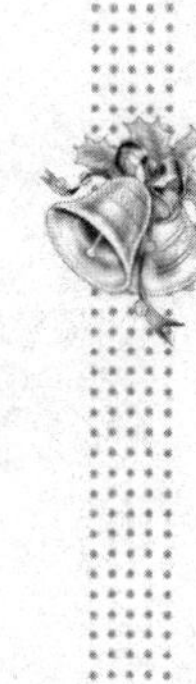

第六辑

有一种嫉妒叫仰望

她摇了摇头说，妈妈告诉我，当你比别人强一些时，会遇到嘲讽和冷落，不要被嫉妒的目光绊倒，只管向前奔跑。如果有一天，你站在一个更高的地方，他们对你只有仰望。到那时你会发现嘲讽也是一种激励。说罢，她轻轻地挽着我的手，一如当年。我浑身微微一震，心中多年的愧疚终于释然。

第一辑

坏孩子也一样有成长的特权

当年的那个坏孩子，由于成长的波折，不但拥有了异于常人的领悟，更得到了许多长者的忠告。那些无形的领悟和智慧，终于成了后来时光中的特权，让他无畏荆棘，心似莲花。

丁香花

文/刘心武

要想学生好学，必须先生好学。惟有学而不厌的先生才能教出学而不厌的学生。

——陶行知

两年以前，到学校教课的第一天，当她走进教员休息室时，头一眼看到的就是供在她桌上的一瓶丁香花。瓶底下压着一张纸条：“敬爱的老师，在见面会上您说喜欢花，所以我们把这束花给您插在瓶里，好吗？您的学生们。”

她心头非常激动。

从此以后，保荣的桌上总会有一瓶鲜花。春天是丁香，夏天是野玫瑰、土茉莉，秋天是西番莲和野菊花，即使是冬天，孩子们也会细心地在瓶底铺上卵石，养上水仙。这些花，有的是孩子们家里种的，有的是他们到野地里采来的。每次花瓶里除了主要的花外，总还有点缀一些保荣叫不出名字的野草野花。

保荣每天在这桌上备课、改作业、订班上的工作计划、写总结、批卷子……每当她累了的时候，只要一看见桌角的一瓶鲜花，就会忘记一切疲劳，更加努力地工作起来。有一次，保荣没把课文中的几个生词给孩子们讲懂，她一天都不舒服。学

校里只有一个初中班，语文教师只是自己一个，问其他的教师，他们也说不清，查字典，字典上又说得太简单，怎么办呢？看来只有一个办法：到 20 里外县立中学去请教老教师。可是为了几个词，值得吗？

正思索，她的眼睛转到了花瓶上。她好像看到了 40 颗渴求知识的孩子的心在她眼前跳动。她猛地围上围巾，顶着风沙一气跑了 20 里。当她在县立中学搞通了这几个词，满心欢喜地回来时，已经是晚上了。第二天，只用了几分钟，孩子们就完全搞通了这几个词的涵义，但为这短短的几分钟，保荣却花费了多少劳动备课啊！

后来，保荣发觉上自习课的秩序很乱。孩子们不但要在打铃十分钟后才勉强安静下来，而且有几个球迷还会偷偷出去踢球，留在教室里的也有看小人书的、弹纸飞机的……于是她决心和孩子们一块儿上自习。头一次，她提前五分钟到了教室，首先整理了一下桌面，把花瓶摆正，铃声一响，她就安静地坐下来，用心地备课、看参考书。起初，孩子们很紧张，以为老师一定会严厉地指责他们，可是看到老师也像个学生一样，默不作声地上自习，他们就再也不好意思偷跑出去玩了。

春天又到了。保荣从市里参加群英会回来，没有回宿舍，先跑到教室里去。孩子们都已放学回家了，可是教室前办公桌上的花瓶里，却依然插满刚开的丁香。保荣坐在桌旁，像第一次到学校一样，心里又翻腾起来。她想起两年来的种种事情。想着想着，她情不自禁地拿出自己心爱的记事本来，用笔在上面工工整整地写了几个大字：永远做一个尽职的教师！

载于《考试报》

是谁教会了我们人生的哲学？是谁教会我们怎样做人？是老师！好老师是一坛酒，醇香馥郁，味无穷；好老师是一杯茶，清香扑鼻，意无尽；好老师是一本书，品读渊博，增长见识。您的爱，太阳一般温暖，春风一般和煦，清泉一般甘甜；您的爱，比父爱更严峻，比母爱更细腻，比友爱更纯洁。您——老师的爱，天下最伟大，最高洁。

蜡　笔

文/鲍尔吉·原野

谁的童年被爱的阳光照耀着（爱即指不知疲倦的劳动），那他就会创造幸福，就会对父母的言语、对他们善良的心意、对他们的劝导和赠言、对他们的温存和警告有着特殊的敏感和接受能力。

——苏霍姆林斯基

找旧书的时候，发现女儿的旧物品——连环画、画夹子、水粉之类。我见到一盒蜡笔，打开看。十几根蜡笔露出色彩斑斓的脑袋，等待光照进来。它们排成了彩虹的队列，在黑暗里。

女儿看到，说："我小时候的东西。"

是的，她以为我在回忆她的童年。实际我在回忆我的童年。小时候，我的蜡笔比现在的蜡笔小而细，那时国家蜡少。蜡笔也躺在一个长的纸盒子里。刚买回来，它们在盒子里按光谱的顺序排列，后来被我放乱了，深蓝蜡笔可能挨着红蜡笔。原来它挨着天蓝蜡笔、湖蓝蜡笔然后是灰蜡笔。它们彼此有血缘关系，是亲兄弟或叔伯兄弟。灰蜡笔跟蓝蜡笔也没出五服，灰蜡笔它妈与蓝蜡笔它妈共享一个太爷。

我见到蜡笔如同见到失散的兄弟。蜡笔不光是蜡笔，还是鸡蛋大的蓝云彩，粗粝的草叶和模糊的红花。那时候我没见过法国新印象派画家修拉的《大碗岛上一个星期天的下午》，蜡笔更适合涂抹这幅画上的花斑点。小时候，蜡笔是我唯一接触到的色彩，我用它勾线条，勾毛驴的身子和老虎的胡须。

蜡在白纸上运行滞涩，不方便勾线。然而蜡笔画的红毛驴，配上巨大的黑眼睛也很好看。蜡笔的画面如有沙痕，它不能彻底涂盖纸面，露出的白点即沙痕。好像修拉在所有的色彩中间有意放置白点，表现光的追逐。修拉的树林里藏着比小鸟多一万倍的光的斑点。《欧兰菲林的运河》里的水成了描绘天空的新印象派画家，水面用点彩重新组合天空的绚云霞光。在修拉的画里，一切色彩都在追逐奔跑，色块被分解为色点。阳光下，色点像蜡笔一样融化了，焊接成新的色彩，接着奔跑。

我的蜡笔像修拉的笔触一样喜欢停顿与奔跑，它们是赤峰的蜡笔，没听说过大碗岛和欧兰菲林运河，它们喜欢变成太阳、月亮、草地、苹果、樱桃和房子。它们让太阳一团乱麻般红红地升起来，放射六道猫胡子黄光。一般说，太阳有眼睛，但没胡子，月亮的五官在侧面显示，也没胡子。

夜里，我拿着画月亮的纸到院子里跟真月亮对比，感到蜡笔月亮比真月亮好。它是起沙的，或者叫斑驳的月亮。它的月牙比镰刀锋利，割西瓜割窝瓜一定痛快。可是，那些堆积在夜色里的树林中的黑绿，树林顶上淡白天际与夜空深蓝的景色怎么画呢？我看这些蜡笔，它们默不作声。

那些在夜风里呜咽的电线，房顶如鱼鳞那样闪白光的瓦更不好画。茁壮的玉米像扭秧歌的人手里举着绸带，头顶的穗凌乱摇动。蜡笔画不了这些，还是画西瓜吧。西瓜费绿色，画个小西瓜就可以了，切开的西瓜瓣可以大，黑籽红瓤，边上画几个桔黄的杏，红樱桃。可惜不会画饼干，应该画一摞饼干，画

少了不解饿。

蜡笔让我的世界多出许多新东西，公鸡、豹、老虎和汽车都是蜡笔领来的。让世界多一样东西很简单，画就可以了。把这些东西画在纸上，纸叠成方块揣兜里，这些纸和我一起四处游玩。我知道我的蜡笔少，只有一盒蜡笔。

我幻想长大后买 10 盒蜡笔在墙上作画，画满一面墙。那时候，墙上的汽车要画很大的轮子，连螺丝都要画上。太阳画仨，房子后面，河流后面和柳树后面都要有太阳升起，月亮画两个就够了，一东一西，像路灯一样。比房子更重要的是水果，画蜜枣、画罐头、画带鱼和豆沙包、画咸菜、画炒疙瘩白菜、画豆角炖土豆，画火盆灰煨熟的土豆、画棉花糖、画黑枣、画柿饼子、画红糖水和白糖水。

小时候我们馋啊，这些东西远在天边，贫困是那个时代最鲜明的特征。我们上学就被灌输世界上还有三分之二的人连糠都吃不上（据说世界三分之二的人已经饿死了），听过这个，我们不太馋了。

一无所有的时代，蜡笔在白纸上愉快地滑冰，边滑边回头看自己留下的彩色的尾巴。蜡笔的身体越来越小，它的头颅被磨成斜面，如同扁扁的蟋蟀的头。每只蜡笔都穿一件和它颜色接近的纸的长袍。我一般会剥下这层纸袍子，让它们更鲜艳，像人在浴室里走动。可惜人的浴室里没这么多红的、黄的、粉红和桔黄的人体。

如果用蜡笔画一张脸，这张脸毫无疑问会显得傻，即使不画大嘴也显得傻。蜡涂在纸上凸凹不平，眼睛像被雨淋湿了，女孩的辫子如烧焦的木棍，裙子看上去比雨衣还厚。我们没掌握修拉画画的方法。

一天晚上，家里停电，我爸拿出一只红蜡烛点上。我第一次见到世上还有蜡烛。平时停电，家里用煤油灯点明，那天灯没油了。我感到蜡烛比蜡笔更神奇。它规规矩矩地站着燃烧，和玉米秸冒烟的火光完全不一样。它的火焰有小指肚大，不扩大也不缩小，蜡烛上半端透明。是谁让它这样呢？不知道。

蜡烛优雅地燃烧，偶尔倾了倾火苗的身子，像美人那样，又站正。不一会儿，烛泪流下来，流到脚下，堆积祥云似的烛液。蜡烛的火苗如一张嘴，微微动着，可能唱歌呢，但我们听不到。我耳贴烛光边上半天也没听到歌声，只觉到耳朵发烫。

第二天，我决意把我的蜡笔全变成蜡烛。我爸有红蜡烛，而我有绿蜡烛、蓝蜡烛和黄蜡烛。他只有一只蜡烛，而我有一排蜡烛。我到仓房里改造蜡笔，但无法把棉线塞进蜡笔里。我用火柴烧这些蜡笔，让它们发亮。它们不亮，只是疲倦地瘫倒，化为一滩泪。

载于《语文报》

童稚的心灵就像一张无暇的白纸，阳光和风雨都可以轻易地影印在上面。童年是充满阳光的，它让我们享受了世间最好的关爱；童年是五颜六色的，它使我们的回忆绚丽多彩；童年又是丰富有趣的，它给了我们无穷的快乐。

被你追着我精神抖擞

文/龙岩阿泰

如果没有另一匹马紧紧追赶并要超过它，它就永远不会疾驰飞奔。

——奥维德

一

袁丽丽原本是班上成绩最好的学生，自郭小波转学过来后，她的“冠军宝座”就被他抢去了。这于袁丽丽而言，是一件很痛苦的事，要不，她完全没必要与郭小波这个“新来的”大动干戈，看见他就横眉竖眼。

一开始，袁丽丽对新来的郭小波倒还是挺热情的，她见郭小波身体瘦弱就警告班上的男生不能欺负他。袁丽丽是班长，在班上颇有些“大将之风”，说话果断，做事利落，在同学面前，说一不二，威信颇高。

身穿校服，头发短短，身材高大的她，对班上的男生总是大呼小叫，一点都不淑女。她最恨别人说她“强壮”，那是她的“死穴”，只要谁敢说，她准缠住你没完没了。班上的同学都了解她，从来没有人敢“越过雷池”一步。

但袁丽丽看走眼了，瘦弱的郭小波并非初来乍到时看上去那样“老实”，他其实是个“油而且滑”的学生，巧舌如簧，头脑活络。没来多久，就和班上的男生称兄道弟，居然连一些女生也常常被他脱口而出的笑话逗得合不拢嘴。

更让袁丽丽伤脑筋的是，郭小波还是个智商很高的学生，别看他整天嘻嘻哈哈玩得不亦乐乎，但一到考试，他就显露出他的超常能力了。他来后的第一次考试，就以绝对优势一举夺走了长期以来由袁丽丽占据的“冠军宝座”，这让向来自视甚高的她情以何堪？

袁丽丽自我安慰，一次考试的成绩并代表不了什么，或许他正巧发挥好。但一到教室，她还是会把目光有意无意地落在郭小波身上，看看他在做什么，看看他有没有偷偷努力。学习认真的袁丽丽铆足劲儿，想一洗前耻，夺回一直以来都属于她的“荣耀”。

二

郭小波从来没有想过，他的出现，他的考试成绩居然会在袁丽丽心里引起轩然大波。刚来时，他就觉得袁丽丽是个挺特别也很有爱心的女生，她居然会去警告班上的男生不能欺负他。一直以来，都只有他郭小波欺负别人的份儿，哪轮得到别人欺负他，虽然个头小，但他机灵，作弄别人是他的强项。

初来乍到，由于陌生，郭小波很安分。他表现出来的老实“欺骗”了大家的眼睛，才没多久，他就“原形毕露”了，整天一副嬉笑的样子，一开口就逗乐大家，成了班上同学的“开心果”。

短短一个月，郭小波就成了班上最受欢迎的人，特别是第一次考试，他以绝对的优势战胜袁丽丽后，班上的男生大有

“扬眉吐气”的豪迈感。男生们拥护郭小波，虽然他个头最矮小，但大家都心悦诚服地叫他“郭老大”。

袁丽丽那个气呀，无法说出口。她气这群“意志”不坚定的同学，气他们才没多长时间就为他欢呼，为他喝彩，仿佛他是天外来客，一句无聊的话也能集体笑上半天。但袁丽丽不能把自己的“气”表露出来，要不同学肯定会说她小心眼儿，说她输不起，有损她长期以来建立起的“威信”。但表情这东西，真是难以控制，见到郭小波时，她就会下意识地皱起眉头，开口闭口一句“新来的”，似乎是要提醒郭小波，她才是这个班的“老大”。

袁丽丽暗下苦功夫，不仅上课比过去更认真，就连晚上写完作业后，还刻意找了些课外练习来做。她期待第二次的考试早点到来，她已经做好充分的准备要与郭小波一争高下了。

三

袁丽丽翘首企盼的考试再次来临时，她灿笑如花，信心满满地准备应战。“我就不信，你郭小波是什么神人，成天嘻嘻哈哈玩得痛快淋漓，考试成绩还能再次赢过我?”表面上，袁丽丽镇定自若，心里却是乐开了花。憋屈了那么久，终于可以“报仇雪恨”了。

考完试，袁丽丽一改过去发号施令的做派，热情地呼朋引伴，心情好，连声音也变得甜滋滋的。倒是班上的男生不习惯了，他们熟悉的袁丽丽可是个“强悍”的人，什么时候变得这么温柔了？女生也逗乐地说：“班长大人，今天捡到钱啦?”袁丽丽不以为意，她微笑着说：“我从来都很亲民的，只是你们不太了解我。”

“呃！红太狼变美羊羊了，我倒……”一个男生说完作晕死状，乐得大家哄堂大笑。

袁丽丽刚皱起的眉头一下又舒缓了，她告诫自己一定不能再生气，她要再次赢得大家的好感，就像最初那样，全票当选班长。她不仅要在学习成绩上与郭小波比拼，就是人缘，也绝对不能输给他。

郭小波看这边热闹，凑过来说：“什么事呀？大家笑得这样开心，也不让我分享一下。”

袁丽丽正想说话时，一个女生抢先开口：“我们班长今天突然间变得温柔似水，大家正闹着玩呢。”

郭小波转过头时，袁丽丽正看着她，一脸笑容，让他颇感疑惑。他一直不明白，袁丽丽看他时，感觉怪怪的，好像有点讨厌他，但这会儿，她又表现得那么友善。特别是袁丽丽说的那句“小波，你是新来的，我没关照好你，对不起哟！”惊得郭小波掉了一地鸡皮疙瘩。

“班长，春天都过去啦，你在干吗呢？我倒……”刚作晕死状的男生又一次晕死过去。

大家尽情喧哗，笑声快要掀翻屋顶了，连郭小波也捂住肚子笑得眼泪都流出来。

“笑笑笑！有什么好笑的？我是一个笑话吗？”袁丽丽故作正经，禁不住也笑趴在桌子上。

四

发卷子之前，袁丽丽又一次在郭小波面前表现出她的大度和友善。她热情地面对郭小波，俩人的关系较之以前拉近了许多。郭小波弄不明白袁丽丽“朝时晴夕时雨”的变化，不过，

看见她笑，看见大家能够快乐地相处，他也就无所谓了。

只是好景不长，发卷子后，袁丽丽突然就像变了一个人。那几天里，随着每科试卷发下来，分数公布，袁丽丽脸上的笑容，一点，一点地凝固了，最后消失得无影无踪。

“班长，丢钱啦？心情不好？脸如苦瓜？”那个老爱扮晕死状的男生不知趣地去逗袁丽丽。这一下捅到马蜂窝了，袁丽丽突然间就暴发起来：“我丢不丢钱和你有关系吗？我心情好不好需要向你汇报吗？考那么差你还笑得花一样，我苦瓜脸不行呀？”

喧闹的教室一下安静了，袁丽丽的嘶叫如一声闷雷。大家面面相觑，不知道发生了什么事。但郭小波听了袁丽丽的话，再把事情前后连在一起回想，他明白了。

这次考试，郭小波又以绝对的优势赢了袁丽丽，特别是英语，那原本是袁丽丽一枝独秀，这次却让他占了上风，袁丽丽是不甘心输。于是，郭小波走到袁丽丽面前，说：“怪不得对我横眉竖眼的，原来你是输不起！”

被郭小波一语道中心事，袁丽丽面红耳赤，心里很不是滋味。她知道这样不好，有失风度，但自己那么努力，还是输给了整天玩乐的郭小波，这让她如何承受？她倔强地反驳：“你才输不起？你郭小波有什么了不起的，我一定会追到你，你等着瞧！”

“来呀，我等你追我，被你追着我精神抖擞。我倒是要看看，我们的袁大班长能不能追到我……”郭小波说。

面对郭小波的当众挑衅，袁丽丽一声大叫：“郭小波，我一定要追到你！”

话未完，教室里却乱成了一锅粥，掌声、哄笑声四起。

“呃！袁班长要追郭老大哟！”有同学在旁边喧嚷。

待听清楚同学的话，在嘲笑声里，袁丽丽羞得满脸通红。她偷偷瞥了郭小波一眼，见他正朝自己挤眉弄眼地笑，心里又怒气冲天。

“郭——小——波！”袁丽丽一声“狮子吼”，郭小波拔腿就跑，边跑边叫：“救命呀！有人要追我！”

看着落荒而逃的郭小波，袁丽丽扑哧一声笑了，阴郁几天的心情顿时豁然开朗。

载于《少年月刊》

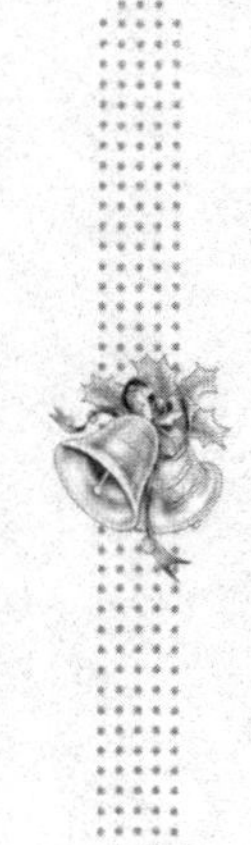

在青草疯长的那个年月，有些东西总是真真假假辨不清，比如友情和爱情，攀比和自尊。这些东西模糊而微妙，但是有个人能让你追赶，不也是件幸福的事吗？

坏孩子也一样有成长的特权

文/一路开花

任何新生事物在开始时都不过是一株幼苗，一切新生事物之宝贵，就由于在这新生的幼苗中，有无穷的活力在成长，成长为伟人，成长为气力。

——周恩来

问题少年这顶帽子，我一戴便是整整五年，没有哪一位老师不曾对我三令五申、苦口婆心地规劝。而年少时的自己，不但不因这样的告诫感到羞赧，反而有一丝丝暗自的骄傲。

我想，我总是特立独行的。记得有一次作文课，题目是《我的同桌》，众人无不仰面长叹，叫苦连天。唯独我独自埋头，写得不亦乐乎，洋洋洒洒数千字，惊得老师目瞪口呆。

结果，我这篇旷世奇作，出人意料地攻破了“零分作文”的记录。原因是，写作文的我乐了，被写的同桌哭了。老师在课堂上说：“李兴海同学，你所写的文字，完全属于人身攻击，好好的一个姑娘，硬是让你写成了李逵！”

班上同学大惑不解，直到老师拿起我的作文，朗朗念出一段，他们才捧腹喷饭，满地找牙。“我亲爱的同桌，人称黑旋风。常自诩武功天下第一，有人赠联，美曰，拳打云贵二省，脚踢京沪两市……”

可想而知，曾与我嬉笑怒骂的那位女同桌，在这次作文课后，拼了命地要求老师调座。我顿时欢呼雀跃，以为将有新的同桌。殊不料，全班 45 名勇士，竟无一人敢前来同我平分天下。于是，我只好过起了孤家寡人、独孤求败的生活。

有女生断言，我前世一定是一只无恶不作的蟑螂。要不然，这辈子绝对不会如此惹人生厌。因此，我无缘无故地多了一个小名——小强。开始，我死活不明白他们为何要叫我小强。直到有一次，无意看到星爷的《唐伯虎点秋香》，才知其中深意。

我怒火中烧，用了三天时间，才查出取名哗众的罪魁祸首。结果可想而知，这位被称为“智多星”的祖国花朵，莫名其妙地请了三天病假。

无数老师对我说，你得浪子回头，有错必改。可惜，这样那样的人生道理，都被我一一忽视了。况且，每次进入昏沉沉的办公室，我都会不由自主地使出我的独门绝学——左耳进，右耳出。任君说得口吐白沫，我自神游无形太空。终于，他们一个个将我放弃，将我抛至角落，绝望，漠视，不再过问。

我为自己的蛮横感到前所未有的自豪。直到后来，一次体育考试中，我失手从双杠上跌落，才恍然觉察到无处不在的孤独。因为，在场的所有同学，竟无一人愿意前来帮我。我瘫坐在冰凉的地上，疼痛和懊悔，暴雨狂澜般呼啸而至。最终，是我当初的那个同桌——黑旋风，不顾男女之嫌，毅然把我扶到了医务室。

瘦弱的她，一路踉跄，出于愧疚，我几次想要挣脱她的双手，却被她牢牢扣住。豆大的汗珠，如同饭锅上凝结的水蒸气，陆续滴落。最后，那翻涌的热泪，还是从我的眼中扑腾而出。

那是中学的最后一年，我始终无法忘记，那个瘦弱女孩所给予的温暖和感动。她那么不计前嫌地，搀着昔日将她羞辱的仇人，心急如火地狂奔在鸟语花香的路上……

当年的那个坏孩子，由于成长的波折，不但拥有了异于常人的领悟，更得到了许多长者的忠告。那些无形的领悟和智慧，终于成了后来时光中的特权，让他无畏荆棘，心似莲花。

载于《知识窗》

就让那些倔强放肆的时光，留在我最深的记忆中吧。让风带走青春里的种种不安，留下今天成熟的自己。感谢那些年轻的面孔，让我在一瞬间成长！

不要让孩子有“背叛感”

文/唐月姣

世界上没有才能的人是没有的。问题在于教育者要去发现每一位学生的禀赋、兴趣、爱好和特长，为他们的表现和发展提供充分的条件和正确引导。

——苏霍姆林斯基

在孩子的成长过程中，教育培养孩子拥有健全的人格最重要。其中，最重要的一点，就是不能让孩子有“背叛感”。

她有一儿一女，前些时间，孩子们要从上海转到北京去上学。到了北京，她却发现孩子们挺不高兴的，最初她以为孩子是对陌生的环境不太适应，过一段时间就好了。可情况并非这样，几个月过去了，孩子们依然郁郁寡欢，这是为什么呢？

一天，她突然想到自己曾看过的有关教育心理学方面的文章，其中有对搬家后孩子心理的阐述。她终于明白：孩子不高兴，原来孩子是认为自己把在上海的同学和老师给忘了。“有了新朋友，忘了老朋友”，这不是让孩子有一种对老朋友的“背叛感”吗！有背叛感就会产生负罪感，这可不是一件小事情！

于是，她主动帮孩子们搜集整理上海同学和老师的通讯录以及QQ号等。从此，孩子们就可以与上海的同学和老师经常

保持联系了。一旦回到上海，孩子们还会与老师、同学见面聚会。就这样，过去的那些“快乐小精灵”又回到了孩子们的中间。

不让孩子们有“背叛感”，其实最关键的就是不让孩子们有违背自己意愿的感觉。

作为母亲，她也希望孩子们能多一些艺术熏陶，曾经也让儿子和女儿一起学钢琴。可是让她不曾想到的是，同一个家里，儿子和女儿的情况是大不一样的。儿子学了不到一年就不愿意学了，女儿却丝毫不受哥哥的影响，更是不需要人督促，总是主动去弹去练习。有时倒是她怕女儿累了，让女儿休息一下，女儿却不干。从此，她也就因材施教。她说，不要将父母的想法强加到孩子的身上，不必在意孩子的选择是否和自己一致，太刻意的父母在孩子的教育上往往会适得其反。

孩子大都具有好动、好玩的天性，她的办法就是将其转化成运动的动力。她虽然不擅长体育运动，可为了孩子，她主动去学。在掌握了相关体育项目的要领之后，她每个星期至少两次带着孩子们去体育馆，和孩子们一起滑冰、打球、游泳……而且，在孩子 8 岁之前，她还带着他们游历了 15 个以上的国家和地区。这样，孩子既在运动中锻炼了身体，也增长了见识，扩大了视野。

也许有人认为她的经济条件好，这些是一般人所学不来的，可是她从不让孩子上收费颇高、条件很好的“贵族学校”。她说，自己这样做，是出于一种“私心”，就是要让孩子能接触到最真实的生活，生活在最接近社会现实的环境中。这样，对孩子才是真实可靠和有益的。

她从来不要孩子们上补习班，一旦有时间就让孩子们在家练习中国书法和中文写作。她的想法是：中文比英文等外语难学，假如孩子一旦大了，出国了，这个时候再去学中文，就没有了一个中文书法和写作的环境，要学好中文也就很困难了。因此，孩子小时候需要重点补充的课程不是奥数，不是英语，恰恰是被许多父母忽视的中文。她的这些想法，是建立在一个原则之上，即：无论孩子今后到了哪里，做什么，他们是中国人这点是绝对不能变的，必须让中国民族文化渗透进孩子的血液里……

而所有这些，无不皆是满足孩子潜在的深层次的意愿，不让孩子在日后留下遗憾。

她相信人人都有从善的意愿，因此，她更是注意发挥孩子的这一天性，培养孩子拥有慈善的情怀。她的工作有许多种，但只要是与慈善事业有关，回到家中后，她就会详细地向孩子们“汇报”，告诉孩子慈善的意义，让孩子们也为妈妈做的事情骄傲。她更是带着孩子们身体力行，比如，她带着孩子们去公园卖动画玩具、卖气球等，然后让孩子将自己挣来的钱捐给灾区。她还带着孩子到福利院，为老爷爷老奶奶们扫地、叠被子……做一些力所能及的事情。

激发孩子的善心，她认为培养孩子的幽默感不可或缺。她说，这样除了有利于孩子的身心健康外，更是能以快乐的心情去感染人，让那些心情苦闷的人也能开怀一笑。为此，在家时，只要孩子们说了什么好玩的幽默的话，她总会不失时机地哈哈大笑。后来她发现，和孩子们一起看卡通书和卡通片，对于培养孩子的幽默感可以收到事半功倍的效果。因为大家在笑作一团时，语言自然会变得更机敏，反过来，让人也就变得更幽默。

这位母亲就是杨澜。

不让孩子有“背叛感”，就是要发掘孩子的潜能，让孩子对世界充满爱心，包括要爱祖国，不忘记任何一个对自己有过直接或间接帮助的人。爱是基石，有了爱心，孩子健全的人格大厦才会在我们面前巍然耸立……

载于《河北人口》

对于下一代的教育始终是国家、群体、个体不能松懈的任务，孩子的未来，就是祖国的未来。

赢过昨天的自己

文/罗光太

自己打败自己是最可悲的失败，自己战胜自己是最可贵的胜利。

——佚名

从小我就比较好胜，但资质平庸，无论怎么努力，都很难取得第一。

父亲发现我总是郁郁寡欢，追问原因。我说出来后，父亲抚着我的头说："你是一个有志气的孩子，而且你确实努力了。但是得不得第一又有什么关系呢？第三名也很好呀！""什么呀？上次我得了第一，这次才第三，多丢人！"我还是哭丧着脸，心里很不理解父亲的话。"有目标是好的，但第一名往往只有一个，那也不是衡量一个人的唯一标准。一个人，只要赢了自己就可以。"父亲说。

父亲那天说了很多，但"只要赢了自己就可以"我无法理解，以为他只是在安慰年少的我。后来，长大了，特别是步入社会后，经历的事情多了，才渐渐明白父亲当年的话。

我一直在网上写文章。偶然一次，我的一篇文章被《成长》杂志选用。我欣喜若狂，以为自己是当作家的料，于是天天奋笔疾书。然而，当我真正开始投稿后，面对的却是一封又一封退稿信。半年里，居然连一首小诗都无法再发表。沮丧汹涌而至，伴随着别人的嘲笑，我心灰意冷。

那段颓废的日子，父亲看了很心痛。一天夜里，父亲拦住了准备出门买醉的我，他说："你真的不想再写了吗？"我低着头，没有回答。父亲知道我对文字的酷爱，知道我割舍不下自己十几年来的梦想。"我知道你一直在努力，你写得很辛苦，但是又有谁的成功是一帆风顺的？你的文字已经在进步，你不知道吗？"父亲喋喋不休。"可是，没有编辑认可我的文字……"我低声反驳。"别人不认可你，但你首先要认可自己，你在进步，你已经赢过昨天的自己了，我为你骄傲！"

"赢过昨天的自己？"我重复着父亲的话。"对，只要赢过了昨天的自己就可以了。"父亲很肯定地说。那天，我没再外出，一个人躲在房间想了很多，父亲的话一直萦绕在耳边。是呀，为什么要和别人比呢？我能赢过昨天的自己就可以了。

以后，我平心静气地写文章，依旧投稿，但不再热衷结果，不再和别人作比较。

这一年来，我的文字慢慢成熟，逐渐被一些编辑认可。一年里，先后发表了五十几篇文章。我知道，这是很小的一点成绩，对一些名写手来说，他们一个月发表的文章就超过了这个数，但对我来说却弥足珍贵，这是我努力了一年的结果。

我不再患得患失地去和别人作比较，能够看见自己的进步我已经很满意了，我也会继续努力。我知道冠军只有一个，更多的人都是像我一样，即使很努力了，也无缘第一。无缘第一就可以不努力了吗？不是，因为人生首先是一场和自己竞争的比赛。只要活着，这场比赛就将一直进行下去。

每天都"赢过昨天的自己"一点点，日积月累，很长的一段时间后，蓦然回首，我们会惊讶自己取得的成绩，甚至会感叹自己的坚持和努力。

人生，是需要坚持和努力的，但首先我们一定要赢过昨天的自己。

载于《思维与智慧》

我们在各自的疆域生活，像花朵盛开在阴面或阳面的山谷，盛开在海边或者草丛之中，但都是在自己的本性里盛开。人的确有可能时时刻刻成为一个新的自己，具备无限的生机和活力。战胜自己，你才能赢得荣耀！

你能应对的事情

文/庞启帆　编译

人每违背一次理智，就会受到理智的一次惩罚。

——托·霍布斯

乔丹先生家的树莓是附近一带最好的，而且他们家的树莓树总是硕果累累。一个星期五的晚上，一个伙伴突然说："我们去乔丹家摘树莓吧。"这主意听起来非常不错。

于是，我们悄悄潜入了乔丹家的后院，在树莓树下小心地藏起来，然后开始享用那些清甜而多汁的树莓。

但是我们还没吃过瘾，乔丹家后院的灯突然亮了。我们还没来得及反应过来，乔丹先生冲了出来。

"你们这帮小鬼在干什么？"他大吼一声。伙伴们顿时吓得四处逃窜，手上还没吃完的树莓被扔得到处都是。几秒钟的工夫，伙伴们就消失在了夜色中。

其他的人都跑了，只有一个人没跑，这个人就是我。

乔丹先生揪着我向我家走去，一路上不停地训斥我。回到家，我的母亲问清楚事情的缘由后勃然大怒。自然，我承受了一番狂风暴雨般的责骂。

接下来的几天，这件事成了伙伴们的笑料。我不禁抱怨命运的不公：为什么大家都偷了树莓，我要付出代价，而他们却无须承担任何后果？

大约一个星期后，我向父亲抱怨这件不公平的事。

“我觉得没什么不公平。”父亲说，“你没有问过乔丹先生就偷摘他家的树莓，接受惩罚完全是应该的。”

“那其他几个人呢？他们一点儿也没受到惩罚！”我诘问道。

“那不是我要考虑的，也不应该是你要考虑的事情。”父亲说，“你无法控制发生在他人身上的事情。你只能应对发生在你自己身上的事情。那天晚上你做了一个错误的选择，为此你受到了惩罚。在我看来，这是十分公平的。”

当时，父亲的话令我非常恼火。但经过了这么多年，我已经认识到父亲说得很对。我们来到这个世界，并没有谁向我们保证生活会公平对待我们。生活本来就是不公平的。所以我们不能拿自己的各种人生遭遇与别人的生活相比较而让自己陷入忧郁与怨愤当中。就像父亲所说的，那不是我们要考虑的事情。

我们真正能应对的是发生在自己身上的事情，无论这些事情公平，还是不公平。

载于《阅读·素材》

每个人都会遭受公平或者不公平的对待，这是我们无法把控的事。唯一可以把控的就是管好自己。

你知道许安然的电话吗

文/郑沈倩

与其在无望的相思中熬受着长期的痛苦，不如采取一种干脆爽快的行动。

——莎士比亚

球赛后遗症

童小娟暗恋许安然已是不争的事实。

每次只要有许安然的球赛，童小娟都会到场。她把乌黑的头发梳得亮如绸缎，穿上米色的百褶裙，丢掉笨拙的框架眼镜换上博士伦。张牙舞爪地站在人群前排，歇斯底里地喊，安然安然，数你最亮！

应小枫不止一次向上苍祈祷，希望许安然在三步上篮的时候来一个全身扑地的狗啃泥，就此重伤几月，无法动弹。可应小枫诚心诅咒了大半年，这个愿望还是没实现。相反，许安然的篮球打得越来越好，技术越发纯熟，一个简单的举手投足，都能使场上的女同胞们鬼哭狼嚎惊声尖叫。

应小枫是童小娟的死党，他俩在文科班的最后一排，好得如影随形。因此，每次遭逢什么重大活动，童小娟都不会放过应小枫，应小枫为此苦恼极了。打心眼里来说，他本来就讨厌篮球，但自从见到许安然之后，他更加讨厌篮球了。

童小娟总是略带嘲讽地怂恿他，小枫啊，你可以去试试的，我相信你一定能打败许安然！看看，人家艾佛森才一米八三，还不照样在 NBA 里肆无忌惮地扣篮！

应小枫第一次听到这话，差点没喷出半两鲜血。啥？啥？你还知道艾佛森一米八三啊？那你瞅瞅，我多少？大姐，我才一米七二啊，和艾佛森差了整整十一厘米！你再看看许安然那野兽，不说别的，光身高就比艾佛森高了两公分呢！我才懒得和兽类一般见识。

说实话，有时应小枫真挺羡慕许安然的。人不但长得帅气，篮球打得也好，最要命的是，他还年年稳坐年级第一宝座，怪不得那些脑残女生会把他捧得跟人民币似的。

可少年总是不服输的，因此，应小枫几乎每天都要找尽各种理由，从头到尾好好打击一遍许安然。他经常语重心长地跟童小娟说，告诉你一个秘密，你仔细观察，篮球其实是长臂猿最喜欢玩的运动。你若不信，下次许安然打球的时候你注意了，他的双手垂直下来，竟然可以毫无阻碍地摸到膝盖！真他妈的可怕！

这些话，没让应小枫少受皮肉之苦。在童小娟不遗余力的照料下，一年四季，他的右臂都一直保持着紫红紫红的颜色。

周末，许安然带领的球队把高三（2）班打得落花流水，童小娟险些把嗓子喊哑，应小枫则大煞风景地站在疯狂的人群中打瞌睡。

最后一球，许安然三分绝杀，童小娟激动得活蹦乱跳，把新买的发卡都甩进了半空。散场之前，尚且浑身热汗的许安然朝童小娟所在的位置抛了一个长长的飞吻，算是答谢所有来看比赛的观众。

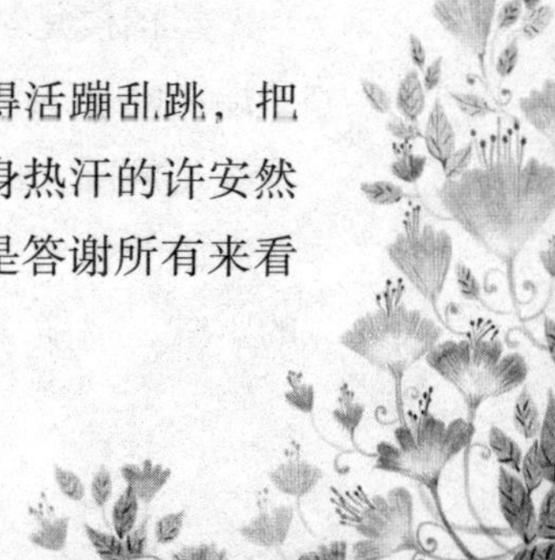

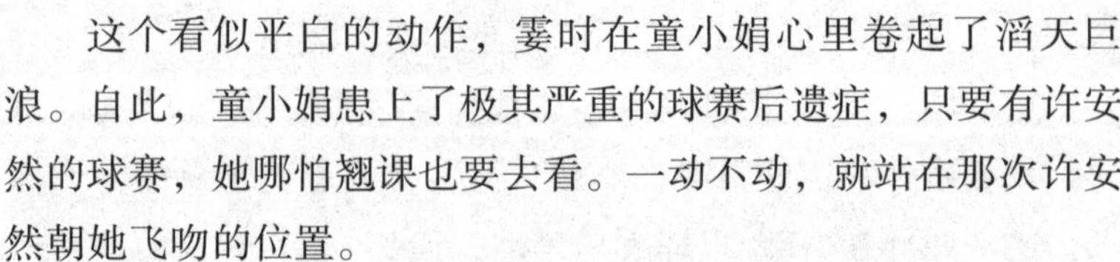

这个看似平白的动作，霎时在童小娟心里卷起了滔天巨浪。自此，童小娟患上了极其严重的球赛后遗症，只要有许安然的球赛，她哪怕翘课也要去看。一动不动，就站在那次许安然朝她飞吻的位置。

九月的翠柏楼

九月，秋季运动会，听说许安然报了长跑一万米。童小娟为了到时能给他加油打气，不但提前半月养精蓄锐，还欢天喜地买了十几盒金嗓子喉宝。

应小枫站在药店门口，见童小娟抱着一摞金嗓子喉宝出来，嘴巴张得足有瓦盆那么大。他一路唠叨，童小娟啊童小娟啊，你这鬼斧神工的嗓子，不去当歌唱家，真是人类乃至外星伙伴的一大损失。

童小娟在学校门口的精品店里买了块红色头巾，并在上面绣了几个大字，安然安然，你是科丹。

应小枫莫名其妙地说，你喜欢许安然，行，你为他把自己弄得跟抗日敢死队似的，我没意见。可我想知道，这科丹是谁？童小娟的回答，再次让应小枫喷血。

科丹都不知道？老土！科丹就是科比 + 乔丹！

不知是谁告诉童小娟，许安然为了应对长跑，每天六点都会去翠柏楼练习爬梯。

翠柏楼是学校最高的教学楼，算上天台，一共有十层。为了能在幽静的翠柏楼里碰上许安然，童小娟嬉皮笑脸地用两张陈奕迅演唱会的门票收买了应小枫。

她故作成熟地拍拍应小枫的肩膀说，你为我的爱情所做出的贡献，一定会载入史册，名垂千古的！这两张演唱会的门票就当我的小意思，你可以把其中一张送给你喜欢的女孩儿，带她一块儿去。嘿嘿，大姐我想得够周到吧？

凌晨五点四十分，应小枫载着童小娟，在城市的马路上呼啦啦地飞驰。

五点五十五分，刚到楼下，童小娟便撒开了腿往楼上跑。她说，快点，快点，待会安然就来啦！嘿嘿，我要制造一个绝美日出下的偶遇。

应小枫第一次发现，原来瘦弱的童小娟可以为许安然跑得那么忘乎所以。他忽然想起某年夏天的场景，为了躲避果园狼狗的追赶，他拉着清瘦的童小娟在阳光普照的松林里左转右跑。那时，童小娟气喘吁吁地决定放弃，而应小枫则死活不肯松开坚实有力的手。

他隐约觉得心疼，他不知道，在某种特定的因素下，其实童小娟可以跑得很快很快，只为了遇见你。

许安然一直没来，童小娟始终没有放弃，她相信，她一定可以在清晨六点的翠柏楼上见到朝她迎面跑来的许安然。

第三天，从沉寂的楼道里，忽然传来一阵阵清晰的脚步声。童小娟可以听出，那是许安然的步子，她太熟悉那样分明的节奏和均匀的喘息声了。

一步，两步，三步……童小娟的心脏像一个不由自主的橡胶握力器，在自然的压力中，一张一缩，一开一合。

那天，童小娟正穿着那件米色的百褶裙，当许安然甩着充满阳光的手臂一个箭步跨上楼梯时，童小娟紧张得差点昏倒过去。此刻，是清晨六点三十秒，天空泛着暗沉沉的流云。气喘吁吁的许安然绝对没有料到，顶楼会站着一位浑身白衣的女子。故此，就在童小娟回眸的那电光火石的一秒间，许安然因受惊过度，噗通噗通从冰凉的楼梯上滚了下去。

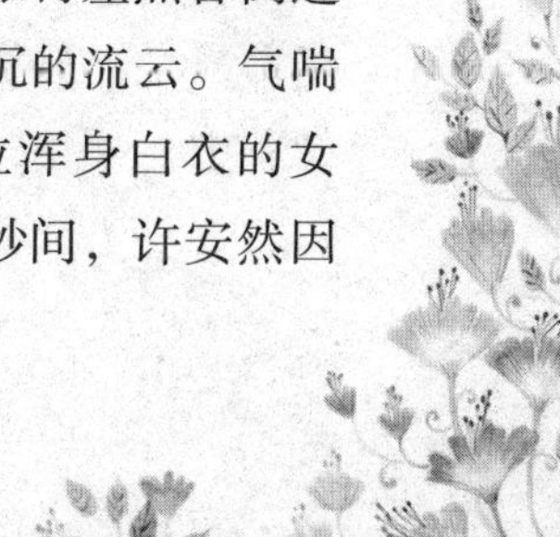

温热且鲜红的血从许安然的鼻孔里拼了命往外涌，童小娟像个犯错的孩子，一面哭得上气不接下气，一面手忙脚乱地从兜里掏纸巾。

童小娟真恨自己的百褶裙。如果时光可以倒流，她一定会以迅雷不及掩耳的速度冲向另一个楼梯间，在六点三十秒之前消失得杳无踪迹。她宁可一辈子见不到许安然，也不希望许安然因为她的出现而受伤。

许安然捂着嘴巴冲出校门的时候，童小娟仍然站在顶楼的清风中目送他。她看着许安然头也不回的背影，泪水终于汩汩地飘落下来。

当天，许安然请了一整天的病假，童小娟实在不习惯没有许安然的篮球场。她很想知道，许安然现在究竟怎样，可又不知该问谁。于是，她逢人便说，你好，请问你有许安然的电话吗？

她跟应小枫喃喃地说，如果我得到许安然的号码，那我就在电话里向他表白。不管他是否愿意接受这场荒唐的暗恋，我都不会再打听一切关于他的消息。

应小枫不知童小娟到底受了什么伤害，但他明白，童小娟已经决定放弃这段苦涩的暗恋了。

那天，童小娟站在顶楼的风中，心里一直默默记数。从教学楼到城市的马路，许安然足足跑了 1438 步，在如此漫长的时间和距离中，许安然没有回头看过一次童小娟所在的位置。

凝视许安然渐行渐远的背影，童小娟忽然懂得，其实他从来都只是一只华丽的风筝。而掌控这面风筝的线，却根本不在她手中。

如果没有你

童小娟继续过着逢人便问许安然电话的生活，只是她不再看许安然的球赛，不再为他尖叫，也再不去清晨六点的翠柏楼等他踩着晨曦幽光缓缓跑来。

演唱会那天，应小枫一直在等待。他买了两盒哈根达斯，站在人头攒动的露天广场检票口，心似火烧。童小娟一直没有出现。是她没有看到他藏在纸巾中的门票吗？还是她从始至终都不愿和应小枫欣赏这场难忘的演唱会？

彩灯啪地暗了下去，周围瞬时尖叫起伏，荧光乱舞。希望如同薄脆的纸屑，被狂风撕扯得支离破碎。当身着黑衣的陈奕迅低着头唱出《兄妹》里的那句“不能相爱的一对，亲爱像两兄妹”时，应小枫的眼泪终于在震天的呼声中决堤而出。

童小娟根本不知道他当初送她的那包纸巾里深藏的秘密，此刻，那包辗转流离的纸巾正安躺在许安然的卧室书桌上。自从那天他归来清洗完沾满血迹的运动服后，纸巾就一直被题海书山掩盖着。

高考像一阵无情的飓风，把所有该属于十八岁的欢声笑语都吹打得无迹可寻。童小娟奔入题海训练后，应小枫彻底地变成了另外一个人。

争分夺秒的忙碌迫使每个人都在遗忘和学习无关的事情，没人在意应小枫的孤独。

高考结束后，童小娟又回到了疯狂追问许安然电话号码的日子。其实，她一直都记得许安然的电话，只是她从来都没有勇气敲响它们。偶尔，站在公用电话亭里，踟蹰半天，还是无法按下最后一个数字。

许安然到底知道了童小娟这个名字，有人在电话里幸灾乐祸地告诉他，许官人啊，你知道吗？咱们学校有一个叫童小娟的姑娘，似乎爱你爱到发疯了，见人就问你的号码……

气急败坏的许安然，为了彻底和童小娟划清界限，不但在临行前给她打了个电话，还决定把那包没有用完的纸巾还给她。

童小娟认得许安然的电话，还没按下接听键，双手就已经抖到不行。

许安然的冷言冰语，彻底冻结了童小娟的如花笑靥。许安然毫无顾虑地说，是童小娟吗？我不知道自己有没有见过你，但我肯定，我绝对没有喜欢过你，所以，请你不要再四处打听我的消息，好吗？还有，纸巾里的这张演唱会门票我到今天才发现，实在不好意思……

没等许安然说完，童小娟就已经轻轻挂了电话。她忽然想起另外一个人，他陪她翘课、上学、吃饭、聊天，陪她看许安然的球赛，陪她赶往清晨六点的翠柏楼，陪她打听一个熟到不能再熟的电话号码……

她恨自己那么不聪明，一直没有猜到应小枫喜欢的是自己。她其实早就应该想到，应小枫会把另外一张门票放在哪里。

童小娟鼓足最后的勇气给应小枫发出高中生涯的最后一条短信，她说，直到今天我才明白，其实没有许安然，我一样可以活得潇洒如意。可如果没有你，我的记忆，将会变成一片干涸的白沙地。请问，如果我要寻回昨天的记忆，该去哪里？

半小时后，应小枫发来彩信。他穿着被风涨满的白色衬衣，站在莽莽山林间，笑容如同波光粼粼的湖面一般灿烂。

他说，童小娟，我在一千里之外的城市等你。

载于《疯狂阅读》

原来在那个慌乱的时年，我们做得最多最持久的事情就是默默地对一个人好，这大概是我们在人生中做得最有耐心的一件事情了。

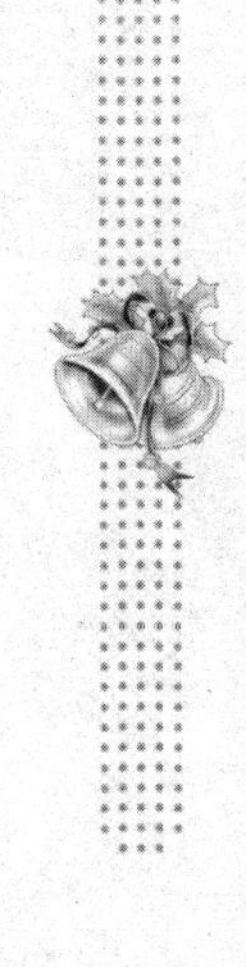

被虚度点亮的青春

文/王万龙

青春，如同一场盛大而华丽的戏，我们有着不同的假面，扮演着不同的角色，演绎着不同的经历，却有着相同的悲哀。

——郭敬明

我与他自小便是被家长们拿来作为比较的对象，尽管我们是同一个大院里同一棵槐树下长大的孩子，却有着泾渭分明的性格差异。譬如，我天生就喜欢读书，只要有四五本连环画在手，便可以一个礼拜不出门，不与任何伙伴来往。大院里的长辈们都说，我天生就是读书的料。事实上，也的确如此，我的成绩一直稳稳当当地名列前茅，直到后来安然地升入中学。

母亲时刻告诫我，不要与他们来往，他们这样的人，不学无术，长大之后一定不会有出息！

而我，从始至终，仿佛都是同辈孩子们的榜样。他们的父母习惯性地用自己的孩子来与我作比较，以此激励他们，努力学习。

为了保持这样的现状，我不得不寒窗苦读，不得不在人前装作一副乖孩子的模样。当大院里同龄的伙伴们对我心生怨恨，敬而远之的时候，我虽然心生忧伤，却还是得表现出一脸不屑的清高模样。

有那么一段时间，我觉得累了，自己实在是做不了百分之百的好学生了。因为，早恋这一个可怕的魔鬼已经悄悄地深入我的骨髓，我恍然发现，淡蓝的日记里，几乎每一页都写满了一个同班女生的名字。我无时无刻不在想念她。

我惊觉，甚至有些悲伤。我试图想要改变这样的困惑和无奈的处境，但仿佛我的一切努力都会在碰见她的那一秒里成为徒劳，我似乎成了坏孩子。于是，我渴望融入他们的行列，即便，不再拥有人前人后的光环，但至少我可以按照自己的意愿，随心所欲地虚度一次。

午后，我站在大院门口徘徊了许久，等待他们到来。半个时辰后，他们终于来了，肆无忌惮的欢笑声夹杂着响亮的口哨，呼呼地骑着自行车闪过我的身前。我很努力地想要叫出他们的名字，可伸长脖子踟蹰了许久，还是没能叫出来。

我像一个无知的孩子，在岁月的站台上安安静静地等待着临检，一步也不挪动。当那些熟知的朋友偶尔说出他们旷课之后的恶作剧经历时，我几乎瞪大了眼睛，这不是历险记中才有的经历吗？他们笑我，反问我，是不是我从来没有做过那样的事儿。我说，有，我当然有！很多！

我不想告诉他们没有，因为，我不想连最后的这几位稍微可以说笑的朋友都失去。要知道，年少时的隔阂，很多时候，往往只是一句话，一个眼神而已。

中考的到来，注定了我与他们必须分道扬镳。他们成了另外一个世界的孩子，去感受云淡风轻，社会的辛酸，而我，仍然在四面高墙中继续着悲苦束缚的求学生涯。

有几次，我站在布满了脚印和泥污的高墙下，想要像当年

伙伴们说的一样，跳起来，双手抠住墙壁里的裂缝，一步一步攀援上去。可站了很久，我都没有跳跃起来的勇气，我恨极了自己，在这面与世隔绝的高墙之下。

我只能继续乖孩子的痛苦生涯，继续着十年不变的两点一线的生活。从家到学校，再从学校到家，高昂着头，对着春夏秋冬，虽然前方充满了惊羡与赞许，内心却还是止不住莫名的忧伤。

慢慢的，我被一种充实和希望所笼罩，由向往坏孩子的完整童年，到厌恶所有虚度时光的人们。于是，我开始了轰轰烈烈的衣锦还乡计划，企图用最辉煌的人生来报效我的父母，诠释我的青春。至于那位填满我日记的女孩，也在这个热血沸腾的计划中，淡然隐匿。

很多年后，我的大学时光结束，自以为光鲜亮丽地回到大院门口。殊不知，完全没有我想象中的恢弘场面。即便是当初最喜欢用我与自己孩子作比较的长辈，也只是微笑着与我寒暄。

顺着小路缓缓行进，我的内心充满了一种被时光戏谑的哀怨。

同学聚会如期而至，我站在一群西装革履的旧朋中，忽然不知自己该往哪儿去。曾经早早脱离高墙束缚的，被长辈唾骂，被我所轻视的那些虚度时光之徒，已经在社会的洪流中站稳了脚步。而我，依旧是那般懵懂的模样，当年，是被他们的历险奇遇所吸引，如今，又被他们的传奇阅历所打动。

很多同学互相寒暄，拥抱。那些曾在班上让人望而生畏的坏孩子们，几乎没有一人将他们忘却。惟独我这个曾经被老师所庇护的尖子生，在一片哄笑与热切的交谈中，渐渐感受到了时光的残忍和冷漠。

与这些曾经虚度年华的孩子相比，我原本以为，我有了一段足可自傲一生的年纪，那么充实，那么温存。却不觉，自己在循规蹈矩的同时，也无可避免地被一柄名叫孤独的利剑所点亮。

载于《疯狂阅读》

到底是什么地方出了纰漏，是教育吗？是成功的定义吗？很难讲清楚，但是，当学习成为一种畸形的时候，失去的，不仅仅是那段沉闷死寂的青春，还有后来的一大段平凡的日子！

自卑也美丽

文/柏俊龙

一生至少该有一次，为了某个人而忘了自己。不求有结果，不求同行，不求曾经拥有，甚至不求你爱我。只求在我最美的年华里，碰到你。

——席慕蓉

直至我的花季缓缓来临，我都不曾有过身着百褶裙的历史。那样的飘逸与典雅之下，所需的，不仅仅是勇气，更是一份少女如花的美丽。

我不庸俗，但也绝对不美丽。当身旁的同龄女孩儿陆续接到男生的彩色纸条或是邀请时，我仍独处高楼不胜寒。有朋友安慰我说，是你太过于孤傲，以至于同学都不敢靠近。其实，我知道，是自己一直没有勇气去改变这样的现实。

譬如，当一群欢笑如莺的女生在夏日的阳光中，身着或白或粉的连衣裙齐齐奔向操场时，我不知该不该用自己深灰皱褶的牛仔裤加入她们的行列；譬如，当几位拥有瓜子俏脸的女生，不失风雅地在男生面前炫耀减肥的小技巧时，我该不该用自己圆圆的盘子脸加入她们探讨的队伍；再譬如，当一大群男生打赌猜测，班上女生谁的体重最吓人之时，我该不该用自己肥壮的大腿去为第一名的惨烈成绩申冤？

我没有那样的勇气和美丽，即便我曾暗自努力，看许多的时尚杂志，搜集一些魔鬼减肥的小方案，站在橱窗前对一条浅蓝的百褶裙发呆，也无法改变一个十六岁少女的自卑心灵。

有那么一段时间，我受到了母亲的鼓舞，她兴许是发现了什么，兴冲冲地说，宝贝，你是天下最漂亮的女儿。我即便没有信以为真，但多多少少还是有了些底气。

于是，我悄悄地告诉自己，只要有一个男生，对，就一个男生，哪怕他和我一样丑一样自卑，但只要他给我写了彩色纸条或约我喝了瓶可乐。那么，我就一定会想方设法为这份暗无声息的初恋穿上那条浅蓝花边的百褶裙。

但事实上，足足一年过后，花季飞逝，雨季接踵而来，我都不曾接到过任何形式的暗示或者邀请。我的内心，真像这个季节一般，洒满了无边无际的冰凉小雨。

同年，我申请了贫困助学，在一片讶异的眼光中收下了学校给予的补助。课后，同桌的女生问，你真是单亲家庭的孩子吗？我一直不知道啊！

那夜，我靠在窗前，看着父亲的画像，流了无数泪水。后来累了，倒在一片月光中沉沉睡去。梦中，我发现自己恍然变得漂亮了，热情了，受人尊重了。

醒来后，我心血来潮，觉得该去为自己的青春争取点什么东西。于是，我用我一生最擅长的事儿——写作，给一位高年级的男生写了张彩色纸条。

我把自己要说的话，在脑海中整理千万遍，但将纸条翻来覆去地攥在手里几个礼拜，还是没能安全地递交他的手里。

那是一个如风般张扬而又自由的男生，留一头飘逸的发，时常在烈日下打篮球。每每他独自一人在操场上练球时，我就会自告奋勇地替旁人打扫卫生。因为，操场那一块是我们班的清洁区，这样一来，我就可以借故扫地，明目张胆地看他打球了。

半年过后，班上的同学几乎都被我顶替过。他们开始赞美我的热情，与我融洽相处，我觉得，这一切的功劳都得归功于那个不知名的高年级男生。于是，我鼓足勇气，又写了一张彩色纸条，拿着扫帚，傻傻地站在操场上等他。

那是一张特殊的邀请函，地点是在学校外面的可乐店，为攒够那两杯可乐的钱，我特意一个星期没吃早餐。

那个周末的午后，我坐在阴凉的可乐店门口，极慢极慢地吸完了两瓶可乐。我多希望，在这段接近荒芜的时间里，他会猛地出现在我面前。可惜，一切都只不过是幻想，从始至终，他都没有来过。

我固执地告诉自己，他一定是忘了这场重要的约会，或许，或许是他的母亲太过于严厉，督促他在周末的时候苦习钢琴。反正，我找足了一切冠冕堂皇的借口来为他推脱。

后来，我几日不曾见到他。偶然，在教学楼的楼顶上，竟然发现他在不远处打球，只不过，换了操场。

站在层云变幻的楼顶上，我的坚强与乐观，再也阻挡不住十八岁的泪水。呼啸的风从四面八方涌动而来，将我吹醒。

没有了一切可以依托的希望，我只能全身心投入学习。我把积攒起来准备买百褶裙的零花钱取出，背回了满满一大包习题，开始没日没夜地背古文，做练习。

最后一次去那个操场，是为了看用大红毛笔写的光荣榜。我的名字，像一盏绚烂的灯，高高地挂在名单中央。许多在旁的不认识的校友都会念叨，嘿，你看你看，那是谁呢？超了重点那么多分。

呵，我暗自苦笑，多想自豪地告诉他们，那是我，那便是丑陋而又自卑的我。可惜，我没有那样做，因为害怕他们看到深藏在我眼角里的泪水。

同班同学纷纷道贺，几乎一个不落，最后，我们凑钱去了一家 KTV，欢唱了整整一下午。他们开始点数我的优点，说我乐于助人，大方，宽容，就是没有任何一人说我美丽。

回家后，我将那堆琳琅满目的盒子逐一打开。恍然，在一个别致的袋子里，发现了一条白色的百褶裙。洁白的花边，洁白的线，白得像一场让人恍惚到记不清楚的梦。

我对着偌大的镜子穿上它，刚决定出门狂奔一圈时，眼泪便簌簌地掉了下来。

十八岁的我，在熙攘的人流中，蓦然回首那个烟云消散的雨季，终于庆幸自己在无意间打赢了一场自卑的战役。我知道，我不再自卑，因为不再自卑，不但坚强，并且美丽。

载于《格言》

十八岁的时候，习惯性地为了别人去做事情，大方、乐于助人，哪怕是被拒绝后的拼命学习。统统的一切，最后的结果却是成就了自己。感谢那场无疾而终的暗恋吧！

拒绝“脸谱”收购的年轻人

文/倪西赟

有信心的人，可以化渺小为伟大，化平庸为神奇。

——萧伯纳

他是“90后”，生活在一个优越的家庭，父母都是有名的律师。富裕的生活养成了他放荡不羁的性格。有时他会去做志愿者，有时像纨绔子弟一样常毫无节制地花钱，他的信用卡常常被刷爆。17岁那年，他的挥霍达到了顶点。父亲购买了一套425万美元的房子，他在自己的房间里购买了一套大号白皮双人床，配了最顶尖的电脑，两张设计考究的椅子，以及一套定制的柜子、书架。他还在地下室里设计了一个家庭影院，里面安装有8英尺的巨大屏幕，可以直接从他的卧室远程控制。他要求父亲把那辆不够拉风的旧凯迪拉克凯雷德换成一辆豪华宝马车，他要求父亲每月给他1992美元来养车、吃饭、娱乐和购置衣物，甚至还强烈要求父亲每月给他2000美元的“应急基金”。这些“另类”的要求让父亲大为恼火，拒绝支付。他为此和父亲吵架。此时，他父母婚姻破裂。他见父亲不肯满足他，又打起了母亲的主意，母亲无奈之下给他租了一辆他喜欢的豪华宝马。

原以为他就这样叛逆地走下去，挥霍青春，成为一个碌碌无为的纨绔子弟。然而，他的学业成绩非常棒，非常受老师的喜欢，他最终被斯坦福大学录取。在斯坦福大学这片浓厚的创业沃土上，他幡然醒悟：再也不要浪费青春，无度挥霍，他要自己创业。

除了玩车，钟情于 Bose 耳机等电子产品外，他对科技也产生了浓厚的兴趣。斯科特·库克是“Intuit”公司的创始人，库克非常喜欢这位经常有新创意的小伙子，就给他找了一份和他一起的工作。于是，他与库克等人共同启动了一个名叫“txtweb”的项目，这个项目可以通过互联网获取信息，然后通过短信发送给无法接入宽带网络的人。之后，他和校友墨菲又共同创办了一个叫“Future Freshman. com”的网站。

一天，他一不小心把自己的一张照片用微信发给了好友布朗，他发现后后悔不已，因为照片上的自己有黑眼圈，有青春痘，一副颓废的样子。

“这正是最真实的你，是最真实的瞬间，让我一同分享，这是件多么棒的事情。”布朗却非常喜欢他这种不加修饰的率真状态。“你说得很对，但是这张照片发给我不认识的人将会是多尴尬的事情。”他对布朗说。“现在的年轻人都强调个人隐私，发出去的东西都不想被人收藏，如果能开发一个稍纵即逝的交流工具肯定受到年轻人的欢迎。”布朗对他说。布朗的一番话让他大受启发。

是的，虽然 Facebook 让社交网络升级到了“云端”，现在的人们可以分享自己的一切，但是背负着这种管理数字版自我的沉重负担，这使社交失去了所有的乐趣。如果能开发一款年轻人喜欢的、有趣好玩的，强调私密、短暂、即时的“阅后即焚”交流工具是个不错的选择。他把想法也告诉了墨菲并得到了他的认可和支持，他和墨菲开始昼夜不停地编写代码。

几个月后，他们推出了第一版的“Snapchat”，一款可以让用户发送并浏览后，几秒钟自动删除其照片、视频、文本的交流工具，“Snapchat”把“撒泼”的乐趣带回数字世界。这款名叫“阅后即焚”的照片分享应用一经推出，Android 用户在 12 个小时就下载了 100 万次。如今，用户每天通过 Snapchat 上传 1. 5 亿张照片，每天的信息发送量达到 4 亿条，成为全球亿万青少年的新宠。

2013 年 6 月 23 日，Snapchat 完成 B 轮融资，募集资金 6000 万美元，估值达到 8 亿美元。这是个可怕的创意，让贵为社交网络霸主的 Facebook 也心存焦虑。Facebook 提出了 30 亿美元的现金收购交易，却遭到他的拒绝。更为疯狂的是，谷歌也提出了 40 亿美元收购 Snapchat 的方案，同样遭拒。

拒绝，彰显了他的自信；拒绝，让他被人记住。

他，就是当时只有 24 岁的 Snapchat 创始人埃文 · 斯皮格尔，一个敢于对从天而降 30 亿美元、40 亿美元说“不”的幸运小子，是一个敢于挥霍青春，青春却没有被年轻浪费的小子。

载于《知识窗》

我们逐渐背负了各种包袱，虚荣、美丑、善恶。不敢以本来面目示人，然后就有了欺骗，伪装，各种隐藏和虚假世界。做真实的自己，不好吗？

第二辑

一个人的操场不寂寞

重点高中的录取通知书寄来时，父母比我还高兴。我望着喜笑颜开的双亲，心里感慨万千：谁都会有缺点，但能够为了自己所爱的人努力做改变，这是多伟大的事。因为爱，我们变得宽容和豁达；因为爱，我一个人的操场并不寂寞。我知道父母永远会陪着我——我从来都不孤单。

不要低估你的梦想

文/庞启帆　编译

梦想只要能持久，就能成为现实。我们不就是生活在梦想中的吗?

——丁尼生

这么多年，我总是做着同一个梦。在梦里，我是一个小女孩，手忙脚乱地做着上学的准备。

“快点，吉安。你要迟到了。”母亲叫我。

“就好了，妈妈。我的午饭在哪儿？我的书呢?”我大喊。

我知道为什么总会做这个梦，它意味着什么。这是上帝用这种方式让我想起我的生命中的一些未竟之事。

我读中学的时候是20世纪30年代，学校在俄亥俄州的斯普林菲尔德市，虽然学校对学生要求很严格，但我热爱学校的一切。我爱书本、老师，甚至考试和作业。我渴望有一天在《威仪堂堂进行曲》的旋律中戴上博士帽。对我来说，这首歌甚至比《婚礼进行曲》更动听。

但是，我遇到了我一生中最艰难的问题。

在经济大萧条的冲击中，我的家庭是最困难中的一个。我家有七个孩子，爸爸妈妈没有钱购物，比如好的校服。每天早上，我割一块硬纸板垫住通洞的鞋底。我们没有钱买乐器、运

动服，更不可能带着礼物去参加同学的派对。我们唯有自己给自己唱歌，玩纸牌，做作业的时候用力嚼洋葱。

这些艰辛我能忍受，只要能上学，我不介意我穿得怎样或者缺少什么。

但接下来发生的事，让我怎么也无法接受。我的哥哥保罗在一次意外事故中失去了生命。然后我的父亲得了肺结核，救治无望。我的妹妹玛格丽特得了同样的病，不久也去世了。

一连失去三个亲人的打击使我终日生活在悲痛中，我的功课因此落下了一大截。而我守寡的母亲为了维持一家人的生活，不得不含着泪继续去做一周才赚5美元的清洁工作。她的脸变成了一张绝望的面具。

一天，我对她说："妈妈，我打算辍学，找一份工作帮一下家里。"

她的眼睛里交织着悲痛与欣慰。

15岁，我离开了我心爱的学校，去了一家面包店工作。我的在《威仪堂堂进行曲》的旋律中戴上博士帽的梦想破灭了。

1940年，我跟一个叫伊德的机械师结了婚，开始了一个新的家庭生活。然后，伊德决定成为一名牧师，所以我们搬到了辛辛那提，在那里他可以到辛辛那提圣经和神学院进修。随着孩子的出生，我的读书梦想永远逝去了。

正因如此，我发誓决不让我的孩子重蹈我的覆辙。我在家里摆满了书籍和杂志，辅导孩子做作业，激励他们努力学习。我的付出得到了回报。我的六个孩子考上了大学，其中有一个成了大学教授。

但是我最小的孩子琳达的健康有问题，她的手和膝盖的关节炎使她无法像其他孩子一样正常去上课。而且，因为药物的副作用给她留下了抽筋、胃部不适和偏头痛的后遗症。一听到家里的电话铃响，我就恐惧不已，因为我怕打来电话的是学校的老师，告诉我琳达在学校又发病了。每天，听到这一声“妈妈，我回家了”，我的心才完全放下来。

琳达已经19岁了，仍然没有取得高中毕业文凭。她重复了我的经历。

1979年，我们一家搬到了密歇根的斯特吉斯。安顿下来之后，我开车到当地的高中替琳达联系学校。在学校的公告牌上，我看到了一则夜校的招生信息。

这就是我要找的，我对自己说。琳达在晚上的健康状况比白天要好，所以我准备让她上夜校。

当琳达忙着填注册表的时候，我向夜校的教导主任提起了我年轻时的梦想。教导主任用他那极具说服力的眼睛看着我，说：“尚茨女士，你为什么不重新回到学校来呢?”

我看着他的脸大笑道：“我？哈！我是一个老太太，我已经55岁了。”

但他坚持他的意见。在我没有丝毫准备之前，我被登记进了夜校的英语和手工艺班。“这只是一次尝试。”我有些无奈地对强迫我入学地教导主任说。他只是微笑。

令我惊讶的是，我和琳达在夜校都取得了不错的成绩。在第二个学期，我再次回到了夜校，并且我的成绩在一步步提高。

再次上学是一件令人兴奋的事，但这不是游戏。坐在都是孩子的教室里我颇感尴尬，令人欣慰的是，大部分的孩子都很尊敬我，并且给我鼓励。在那些日子，我仍然有一大堆家务需要做和孙辈需要照顾。有时候，为了弄懂课堂笔记，我一直忙到凌晨两点才睡。当有些笔记我无法理解，我的眼睛就会被泪

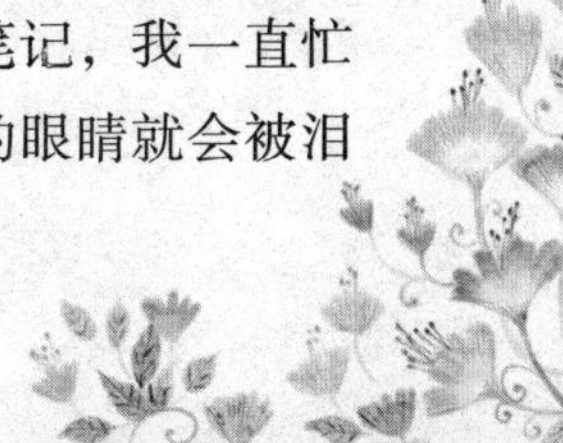

水模糊，然后责备自己：我为什么这么蠢？

当我泄气时，琳达就鼓励我：“妈妈，你现在不能放弃。”当琳达情绪低落时，我也给她打气。我们俩共同努力一起解决了一个个难题。

终于，毕业的时刻来临了，教导主任把我叫到了他的办公室。我忐忑不安地走了进去，害怕自己犯了什么错误。

他笑着示意我坐下。“尚茨女士，”他开始说道，“你在学校里做得非常棒！”

听到他的赞扬，我的脸像个小姑娘一样红了起来。不过，我感到很欣慰。

“恭喜你，”他继续说，“你的同学一致投票让你代表全班做毕业演讲。”

我一时不知所措。

他又笑，然后递给我一张支票。“还有，这是给你的小小奖励，因为你的努力学习。”

我看着那张支票，是3000美元的大学奖学金。我含着泪水一遍一遍地说着“谢谢”。

举行毕业典礼那晚，我被吓坏了。200人坐在礼堂里，在大庭广众之下演讲我还是头一次。我的心快速跳着，我想逃离，但我不能。毕竟我的孩子也坐在观众席上。我不能在他们面前做一个懦夫。

当我听到《威仪堂堂进行曲》的第一个音符响起时，我的恐惧在如洪水般涌起的惊喜中消失了。我毕业了。琳达也是。

终于，我做完了演讲。当掌声和喝彩声响起时我被吓了一跳，这是我有生以来第一次赢得这么多这么热烈的掌声。

之后，远在中西部的我的弟妹们给我送来了玫瑰。我的丈夫送给我一束丝绸玫瑰:“它们永远不会褪色,永远不会凋谢!”

本地的媒体对我的经历做了报道。看过报道的人,有为我流泪的,有给我拥抱的,更多的是给我打来了祝贺的电话。我也为琳达感到骄傲,因为她也以优异的成绩完成了学业,如果把我的一切荣誉给她,她也是当之无愧的。

1981 年的那个夜校班已经成了历史,并且我后来继续接受了高等教育。

但我会经常坐下来,播放我毕业时的演讲磁带。我听见自己对观众说:“不要低估你生命中曾有过的梦想。如果你相信,任何事都可能发生。这不是幼稚的、不可思议的信念。只要你付诸行动,并且付出努力,你就永远不用怀疑你的梦想无法实现。”

然后,我又想起了反复出现的梦:“快点,吉安,你要迟到了。”

是的,妈妈,我上学迟到了,但我的梦想最终实现了,并且它给人的感觉一样甜美。我只希望你和爸爸在天堂里能看见你的女儿和你的孙辈们,幸福地沐浴在《威仪堂堂进行曲》的旋律中。

载于《情感读本》

当所有人都把梦想当矫情,把倔强当幼稚,把努力当无病呻吟,把懦弱当真理,那只能说那些人的内心已经死了。我有我的梦想,我就要捍卫它。

不要嘲笑有梦想的人

文/冠　豸

梦想无论怎样模糊，总潜伏在我们心底，使我们的心境永远得不到宁静，直到这些梦想成为事实。

——林语堂

杨安民是我的初中同学。平凡、本分、成绩垫底的他在班上默默无闻，就像“隐形人”一样，明明在眼前，也会让人视若无睹。同学两年，我都没有和他说过几句话。

临近毕业的最后半年，我们同桌了三个月时间。我不喜欢他，也看不起他，觉得他笨。那时面对呼啸而来的中考，大家都争分夺秒，根本无暇顾及其他。

在最后兵荒马乱的冲刺阶段，老师为了增强大家的自信心，也为了让大家更明确自己的人生目标，召开了最后一次主题班会：我的理想。

毕竟要初中毕业了，大家说到理想时都有些难为情，再不会像小学时那样天真，一开口就是要当科学家、文学家、画家，讲一些遥不可及的宏大梦想。

我们先是谦虚，然后闪烁其词，面对未知的人生，都不很明确自己真正的理想，但因为成绩还不错，比较有底气，说出的理想都比较让人钦慕。

大家轮番而上，掌声阵阵。

轮到杨安民时，他才站起来，窃窃私语的教室里突然就传来一阵喧闹的哄笑声。我明白那些笑声的内容：杨安民成绩那么差，能混到张初中毕业证书就不错了，他还能有什么理想呢？让他讲理想简直就是浪费时间。

杨安民应该是听懂了那些嘲笑声吧，他的脸倏地涨得通红。但他犹豫了一下，还是坚定地走上了讲台。心里紧张，他的声音有些哆嗦，他说："我以后，以后要开一家，一家属于我自己的汽车维修店。"他把"汽车维修店"几个字讲得铿锵有力。

"呃，看不出来，杨安民同学理想蛮远大的，想当大老板呀?"

"杨老板，那以后我们找你修车，有没有打折呀?"

各种嬉笑声伴着此起彼伏的调侃很快就将杨安民淹没了，根本没有人相信，默默无闻的"隐形人"杨安民以后能当老板，会开起一家属于他自己的汽车维修店。

"我说的是真的，我喜欢修车。"杨安民在大家的嘲笑声中再次肯定了自己的理想。但没有人理睬他，谁都当他在做"白日梦"。一个成绩垫底的学生还想当汽修店老板？他以为当老板是那么容易的事情吗?

主题班会结束后不久，中考也接踵而来，我们在嘲笑杨安民的时光里结束了初中岁月。

中考后，我听同学说，杨安民考得很差，只能读技校。这是意料之中的事，我没有一点惊讶。

我考上了重点高中，三年后参加高考，成绩不大理想，只上了一所二本院校。四年后大学毕业，考研不中后就开始马不停蹄地找工作。在忙碌的生活中，与以前的老同学渐行渐远。

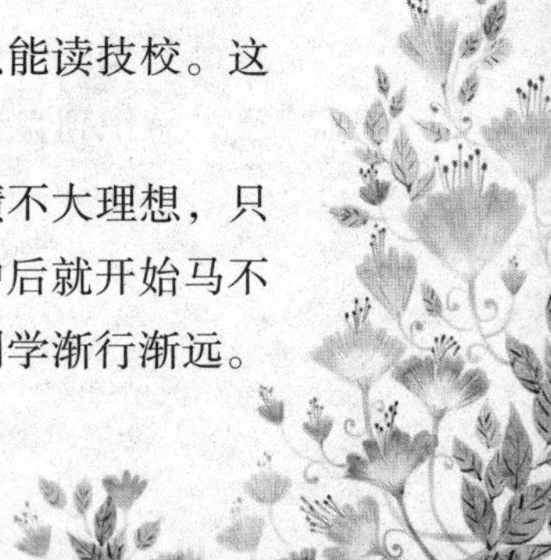

在日渐烦琐的生活中，我们早已遗忘了自己最初的理想，每天都是为了生活而工作。其实在青春年少时，我们都曾有过自己的梦想，只是未来那么遥远，我们没有勇气说出口，害怕被人嘲笑。

没有想到多年以后，我会在杨安民的汽车修理店里与他相遇。看见他时，我们彼此都愣住了，过了一阵才相认。他热情地与我相拥，然后招呼我到他的会客厅说话。

我们聊起了青春年少时的岁月，聊起了曾经的梦想。他说，他初中毕业后去技校学汽车修理，后来就先在别人的汽修店里打工，并且一直在筹备资金、积累经验。

“我一直没有忘记自己的理想，并且在付诸行动，三年前，我终于开起了自己的第一家汽修店。”杨安民平静地说，他的目光却坚毅而充满自信。

眼前的杨安民让我疑惑，他就是以前班上那个平凡、本分、成绩垫底的“隐形人”吗？

如今，杨安民已经开了三家汽车修理连锁店，经营得风生水起，生意红火。他说他的第四家店也在筹备中了。在他说话时，我的思绪却开始游移，久远的往事又浮现在眼前。

那时我们都在嘲笑他的理想，觉得他是在做“白日梦”。然而，在流逝的岁月里，经过多年的努力打拼，当年的同学中唯有他一个人实现了自己最初的梦想。

有梦想的人是值得尊重的，而能够一步步脚踏实地去实现自己梦想的人更值得尊敬。看着眼前的杨安民，我想到了自己，意识到自己是该重拾梦想的时候了。

载于《知识窗》

梦想是什么？最简单的印证的方法是：你有很多个夜里因为梦想要成为什么样的人而激动不已，有时候甚至有你已经成功了的错觉。你有这样的夜晚吧，那就去实现吧，因为时间不会等你！

一个人的操场不寂寞

文/阿　杜

夫妇和而后家道成。

——《幼学琼林·夫妇》

一

初三时，为了避开老是吵架的父母，我决定到学校住宿。

当我把这一想法告诉老妈时，她先是一愣，然后久久地盯着我，眼泪止不住地滑落。我吓了一跳，老妈可是个厉害人物，每次和老爸唇枪舌剑，她总是胜利者，现在居然哭得像个受尽委屈的小孩，我真是意想不到，于是安慰她："我只是去住校，每个周末都会回家的。"

"是不是妈妈做得不够好，导致你想离开？"老妈急切地询问。

"没有啦！我只是想学着独立，再说初三作业多，时间很宝贵。还有，你们不是希望我多锻炼吗？学校有操场呀，很方便。"我说。

其实我没说实话，在家里，我最烦的就是听到她和老爸吵架。每次他们一开战，我就特别惶恐，没心思学习。很多时候，我都想不明白，以前家里穷时，一家人其乐融融，而现在日子好过了，他们反倒经常吵架。老爸每次吵输了就采用“冷战术”，而老妈呢，总为些鸡毛蒜皮的小事挑起“战火”，弄得家里纷争不断。

老爸下班回来时，老妈还在泪眼婆娑地劝我不要住校，可这次，我铁了心。我希望我不在家的时候，他们能够反省一下自己，还我一个充满欢乐的温暖的家。我决定住校的另外一个原因，是我确实想锻炼一下自己的独立能力，事事总依赖父母，我怕以后什么事都不会做。

老爸听完老妈的哭诉后，看了我很久，然后用有些沉重的语气问我：“你都想好了？”

我点点头，思忖片刻，说：“嗯，想好了。”

二

住校生活的第一天夜里，我久久不能入眠，想父母，想他们会不会又吵得不可开交，想着，泪水就流到嘴里。

父母爱我，他们为我所做的一切我都明白，我也爱他们，但我讨厌他们吵架，我害怕他们吵着吵着有一天分道扬镳。记得有部电影，里面的一句台词让我印象深刻，“再好的感情都经不起吵，吵多了就会淡。”当主人公面对破碎的家庭说出这句话时，我感同身受，泪水涟涟，害怕我的父母也会这样，我不想成为单亲家庭的孩子。

想了很多法子都感觉不妥，只能出此下策。我根本就不想住校，睡眠很浅的我，稍有动静就会醒，然后望着蚊帐顶了无睡意。可我不想打“退堂鼓”，无论如何，我要学会照顾自己，亦希望自己能够想出调解父母紧张关系的好办法。

天蒙蒙亮时就有同学起床，床板的吱呀声惊醒了我。躺在

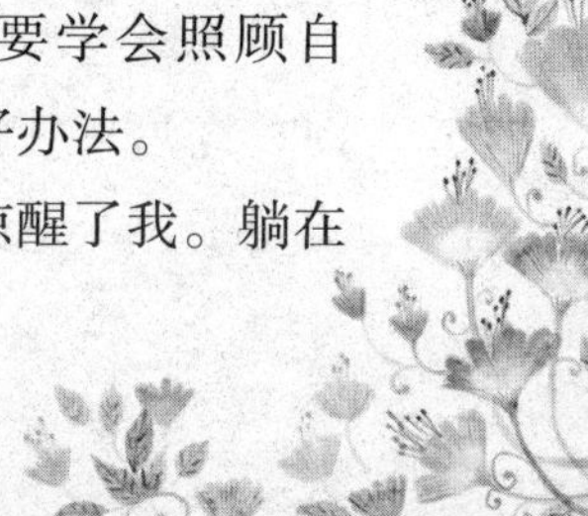

床上，我一时不知身在何处，内心一阵恐慌，待明白自己已经住校时，我又莫名地开始想父母。不知我离开家后的第一夜，他们是不是也和我一样难以入睡。我以前从来没有离开过父母独自在外过夜，连去亲戚家过夜也没有。

同学拿着书本去教室晨读时，我却独自去了学校的大操场。晨曦下的操场空荡荡的，微凉的晨风扑面而来。我漫无目的地绕着操场向前跑，脑海里又浮现出在家时妈妈催我晨起的场面，她总是那么急促地敲门，然后大嗓门地叫：“起床啦！要迟到啦，赶快起来吃饭！”在我睁着惺松睡眼打开房门时，老妈又急急地把我往卫生间推，“去去去，洗把脸人就清醒了。”她每天总是精力旺盛，和懒洋洋的老爸完全不搭调。

“萍萍，你的早餐。”一声熟悉的呼叫传来时，我惊了一下，然后转过身四处张望。“萍萍，我在这儿，围栏外。”我把目光顺着声音传来的方向望去，镂空的围栏外，老妈正兴冲冲地朝我挥手。

我赶紧跑过去，望着一头大汗的老妈不解地问：“妈，你专程跑来给我送早餐吗?”“不是专程，你知道我有晨跑的习惯，现在只是改变一下路线而已，一举两得，多好。”老妈说。我知道老妈爱锻炼，但从家里到学校少说也有两公里，她这一来一回，得多累呀。再说……我突然想到老妈怎么那么肯定，我会在操场上呢？我道出了心中的疑惑。“你自己说的，学校有操场，方便锻炼，所以呢我就过来看看，你到底有没有锻炼呀。”老妈乐呵呵地说，然后很开心地表扬我：“不错，第一天你就没有食言。”

看着老妈一脸的笑容，我心里暖暖的。在我感激地望着她时，老妈又急急地说：“今天早餐是你喜欢的花生浆，还有牛肉包子，跑完步要休息一阵才吃，我先走啦！”还没说出对老妈的感谢，她就远远地跑开了。

三

我想晨跑锻炼，但一次次被自己的各种借口拖延。虽然老妈硬拉我起来晨跑过几次，但我冲她发脾气、耍赖，她最后只好作罢。

对着镜子里自己过分丰满的身体，我终于在搬进学校住宿后开始实施晨跑计划。第二天，第三天……每个被惊醒的早上，我咬着牙爬起来，踏着薄雾跑进大操场。我知道老妈一定会在操场外的围栏边等我，给我送美味的早餐。

最让我欣喜的是几天后，那个比我还懒的老爸，居然也加入了晨跑的行列，而且他是陪着老妈一起跑来给我送早餐。

望着父母汗水淋淋的脸我特别高兴，我不是一个人在跑步，虽然操场上只有我一个人，但我一点也不寂寞，因为父母在陪我。那是我想看到的画面：父母一起锻炼，他们并肩奔跑。

周末回家时，老爸把我单独叫到了阳台，他开门见山地问我搬去学校住宿的真正原因。我犹豫了一下，然后还是直言不讳地说了出来。他们毕竟是我的父母，我不想隐瞒。

“真如我猜测的一样。”老爸轻声自语，灯光下的脸，不觉地泛起了红晕，然后望着我说：“萍萍，你放心，我们会处理好这事。”

那天晚上，家里的氛围很好，我们一家人坐在一起吃饭，老妈说话变得柔声细语，也没再挑老爸的刺，而老爸也表现得不错。望着笑脸盈盈的父母，我感觉很幸福。这是我想要的温暖，我希望这样的场景一直都能够存在。

四

一个人跑操场渐成习惯，而父母也都坚持每天跑来送早餐。我们仨约定好了，除了下雨天，我们就在操场上见，我在里面，他们在外面，但那短暂的见面时间于我却是弥足珍贵的，因为我知道父母都很好，他们没再吵架了。

每一天我都精神抖擞，晨跑让我锻炼了自己的毅力，最可喜的是，多余的肉在不知不觉中慢慢少了，身体却越发的好，我再也不害怕上体育课。

一年的住校生涯，我确实比过去独立了，也学会了和别人相处时的谦让和包容。最让我开怀的是父母也学会了包容，每次周末回家，我都没再听到他们吵架。和睦的家庭气氛让我信心倍增，觉得自己所付出的一切努力都充满了意义。

重点高中的录取通知书寄来时，父母比我还高兴。我望着喜笑颜开的双亲，心里感慨万千：谁都会有缺点，但能够为了自己所爱的人努力做改变，这是多么伟大的事。

因为爱，我们变得宽容和豁达；因为爱，我一个人的操场并不寂寞。我知道父母永远会陪着我——我从来都不孤单。

载于《少年月刊·初》

美国文学之父华盛顿曾说，让孩子感到家庭是世界上最幸福的地方，这是以往有涵养的大人明智的做法。这种美妙的家庭情感，在我看来，和大人赠给孩子们的那些最精致的礼物一样珍贵。因为孩子，父母愿意为一切讲和。

一架纸飞机的航向

文/李　莉

天才，就是强烈的兴趣和顽强的入迷。

——木村久一

一

儿子元元三岁那年，他见到元元正好奇地翻弄着一张白纸，心里一动，走了过去，对元元说："来，儿子，爸爸教你折纸飞机。"元元妈在一边惊讶地表示反对，说："这么小的孩子，怎么会折纸？你教不会的。"

他瞪了元元妈一眼，责怪道："你动摇军心。没有学怎么可以下定论？我的儿子我清楚。"听着他义正词严的话语，元元妈没再多说什么。

他按步骤耐心教，元元笨拙地跟着做，最后，元元真折出了一架粗糙的纸飞机。

颇有成就感的他，准备顺势在儿子面前显摆下自己的军事知识，再讲讲飞机的种类，元元的心思却完全没在飞机上，一边玩弄着手中的纸飞机，一边兴奋地问他："爸爸，你还会用纸折什么？都教教我。"

那架纸飞机让元元从此与折纸结了缘。

二

元元开始迷上折纸，家里的白纸被元元搜罗来，递给爸爸，鼓励爸爸想出更多的东西教他折。

于是，他回忆起了童年时折的纸船、纸电话、纸小狗……父子俩头挨着头，一步步地教和学。元元的手越折越巧，学得越来越快，一个月不到，他会的折纸儿子全学会了。

他搜肠刮肚地在记忆中搜索自己会的折纸，到最后，却只能承认，自己的看家本领儿子全会了。

技穷的爸爸和妈妈带着元元到书店，为元元买来了好几本儿童折纸的书，然后，爸爸又教儿子如何看图折纸。

元元在他的帮助下，竟然能独立地看着书折了。不久，那些他也不会折的纸蝴蝶翩然出现在儿子的手中，在儿子笑意盈盈的脸上，他感受到了长江后浪推前浪的喜悦。

三

一晃，元元上小学了。

这时，他才觉得当初教元元折纸飞机原本就是一个错误。

元元成了折纸控，店里卖的所有的折纸书，他全会折了，本来不大的房间里摆满了元元的成型了的、待成型的折纸作品，桌上、床上、地上……到处都是，一向有洁癖的他见到这些东西很是心烦。

最可怕的是，老师频繁请家长，告诉他元元上课也在折纸，他开始对元元这一爱好产生了强烈的反感。

当元元又在家里埋头折纸时，他终于爆发，对元元愤然吼道："不要折纸了，家里的折纸堆积如山，你上课也不专心，折纸能为你成绩加几分？将心思用在学习上！"

元元申辩："我折的第一架纸飞机还是你教的呢。"

他恼怒地一挥手，说了句元元觉得云里雾里的话："这是一架偏离航道的纸飞机。"

是啊，如果说学习功课是学生的航道，元元的这一兴趣已经偏离了航道。

元元见到他暴怒的样子不敢言语，悄悄地将纸收了起来。从此，元元不再在他面前折纸。

但他不知道，元元妈却与他背道而驰，悄悄地支持着元元。他不在家时，元元在妈妈的掩护下，在网上搜折纸视频学折纸，他掌握了很多折纸知识，还学折了不少国外的折纸作品。

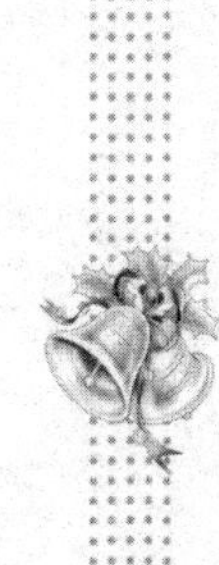

元元妈还将元元的最新折纸作品拍照发在自己的微信上，邀请朋友们为其点赞，然后每晚母子俩悄悄地数这些作品赢得了多少赞，自娱自乐一番。

四

元元读小学三年级时的一天，他带元元上街去玩。下楼时，进了电梯，电梯里也有一个孩子，手中拿着折好的绿色纸青蛙，栩栩如生。

元元盯着这纸青蛙分析，那复杂的折痕不像是一张纸折成的，似乎是用几张纸粘接而成，于是好奇地问："你这青蛙是用一张纸折成的吗？"

孩子点点头。

元元在一旁说："你这种折法，是日本的神谷折纸吧？"

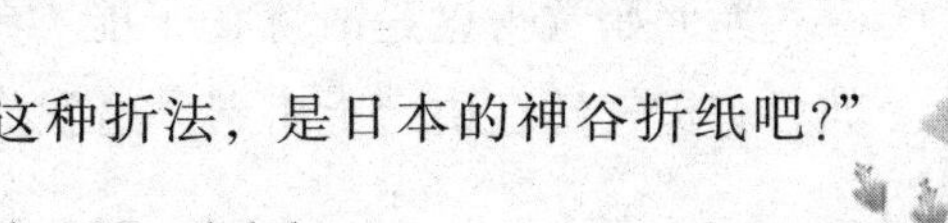

孩子如同发现了宝藏，惊喜地说："是的，你怎么知道？"

元元遇到知音，浑然忘记了旁边站着反对自己折纸的爸爸，滔滔不绝地说："我在网上看到的，我也会折。其实折纸本来起源于中国，但是将其发扬光大的却是日本。可惜我们中国人自己将这项技艺慢慢丢弃了，中国至今没有国家级折纸协会，我长大了，一定要成立中国折纸协会，教大家折纸。"

在那一瞬，他想起自己小时候痴迷看军事方面的书，买来了一本又一本的军事杂志，对军事知识了如指掌，倒背如流，而父母却反对他对这爱好的痴迷，说这方面了解得多，考试时又不多加几分，该把时间用在学习上。什么时候，历史又重演了呢？

回来的路上，遇到有人发广告传单，从来都不接这些广告单子的他来者不拒，一一收下。回到家时，他将那些彩色的单子随手递给儿子，说了句"给，折纸用"。元元惊喜地望向他，他却不看元元，径直换鞋进屋。

五

元元妈惊讶地在微信上发现有人在元元作品下留言，说："我想请你儿子给我们幼儿园的孩子上一节折纸课，我会给你儿子一件小礼物作为报酬哦。"定睛一看，留言的是本城一家私立幼儿园的园长。

竟有人邀请十岁的儿子去讲课，这是多大的荣耀！元元妈迫不及待地把这事告诉了儿子，元元激动得跳了起来："耶，好棒哦，我有工作了。"

元元妈觉得这是锻炼孩子能力的好机会，元元性格内向，如果有勇气站在讲台上讲课，这就是一种成功，何况现在正好暑假，小学放假，而幼儿园有假期班，不会耽搁元元学习。她欣然同意了。

元元的第一节课教小朋友们折纸飞机，他站在讲台上，举起一张纸，耐心地示范折出每一个步骤，认认真真地讲解。

窗外站着元元妈，她看着儿子，想起了多年前儿子折的第一架纸飞机。那时，他的小手是多么的笨拙，他的神情是多么的认真，一如现在坐在下面的小朋友们。而今，儿子真的长大了，她的心里升腾起温暖和感动，眼眶慢慢地湿润了。

元元和妈妈谁也不知道，就在这时，元元爸正递给园长一本在网上买到的《神谷折纸》，这是一会儿园长要给元元的礼物。

一个月前，元元爸无意中从同事的微信中看到元元妈上传的元元的作品，他从那些精致复杂的折纸作品中惊讶地发现元元的梦想并没有因他的反对而搁浅，反而如飞机一样平缓飞行，随风直上，他坚硬的心忽然变得柔软了。

上个星期，他私下里联系了初中时的同学——这位幼儿园园长，为元元创造了讲课机会。

在《神谷折纸》的第一页，他一字一字地写下："没有一架承载梦想的飞机是偏离航道的，只要它肯飞。"

载于《莫愁·家教与成才》

有梦想是幸福的，没有梦想的人像一个没有灵魂的人。父母则是梦想的第一个守护神和见证者。

痛极的时候，就哭吧

文/戈　沙

青春会逝去，爱情会枯萎，友谊的绿叶也会凋零。而一个母亲内心的希望比它们都要长久。

——奥利弗·温戴尔·荷马

女儿不小心划伤了手指，尖锐锋利的裁纸刀在她左手中指上鱼鳞般地掀起一块皮肉，殷红的鲜血直往外涌，我惊恐万状，心痛不已。手忙脚乱地找来聚维酮碘、三七粉、纱布棉签和胶带，止血、消毒、包扎。孩子痛得尖叫，手在不停地颤抖，我的心被她叫得通通直跳，我的手也被她吓得瑟瑟发抖。于是带她去医院。

护士先给了半杯生理盐水，让她泡手指，目的应该是要把包在她手指上的纱布取下来。慢慢地，纱布自动从手指上脱落。护士给她清洗伤口，先后用了生理盐水、酒精，还用蘸了碘酒的棉球摁了摁那块“小鱼鳞”，边按边说道：“把手伸直，弯着干什么?”我这才注意到女儿的手指受伤后一直是弯着的，人在很痛的时候，的确是总想用劲地缩着。女儿听话地伸直了手，痛得哈着腰、张着嘴，却没有叫出声。护士自始至终都面无表情，手法娴熟、从容地操作着，该擦就擦，该按就按。我心疼地看着女儿，她眼睛亮晶晶的，但是没有流泪。然后，她就看着我笑起来。边笑边说话：“妈妈，好痛啊，哈哈，比你弄得痛多了！不过，我要笑，我痛极的时候就笑，我发现这样痛得还轻些。”我托住孩子的手腕，方便护士包扎，同时对女儿不住地笑着点头，说：“对，我的宝贝最坚强。”

孩子的父亲常年奔波在石油建设工地，我们娘俩相依为命。生活中遇到困难和麻烦总是相互安慰鼓励、坚强不屈。

不知不觉中，护士已经给她上完灭菌药包扎好手指，或许护士听不懂我们娘俩的话，见我们娘俩在笑，她也笑了。

痛极的时候，就笑，就会好过一些。这是十岁的女儿一次意外伤害后的切肤体验，不仅仅只是道理文字上的感悟。可我有多么心焦，峣峣者易折。如果笑是因为太痛，宝贝，还是哭吧。妈妈宁愿你号啕烦扰，不忍你心碎无痕。

载于《青春期健康》

孩子的切肤之痛是母亲的割心之痛。即便如此，母亲也总希望孩子能将一切痛苦向母亲诉说；母亲不忍心看到孩子痛苦，更不愿看到孩子一个人默默承受痛苦。

尴尬的背诵

文/林永英

书籍是巨大的力量。

——列宁

从小到大，我就对背诵莫名的发憷。经常会因背不下而罚站，打屁股，其可怜之状不可描述。

对于硬性的背诵，我总不能记住自己到底背了些什么。语文中的古诗词还好，就是怕政治哲学啥的，那简直就是天书，咋读都迷糊。

最尴尬的一次背诵是在师范背《学生守则》，是全校大张旗鼓举行的一场背诵比赛。我至今都不知当初背的是啥玩意儿，其实，即使我没背下来，我依然是个非常守规则的好学生。

在班里集体站在黑板前背，班主任就在下面压阵观察。我这个平时老实刻苦的好学生，站在队伍里，随着同学们的张嘴发声也在做着相同的口型哇啦哇啦地背诵，是那种理直气壮，慷慨激昂地背。

班主任很满意我们的正确而整齐的背诵声，我记得班主任还特意看了我几眼，我背得更起劲，嘴也张得更大了。天！我不知道这几眼代表着什么含义，要是知道，割肉我也不会卖力地背了。

比赛就在那晚的晚自习后，在学校的大礼堂里举行。台上是一个班级接一个班级的背诵，穿着全部是统一干净的校服。台下是群情激昂的学生，他们热情高涨地听，叫好，鼓掌。真是不理解那样枯燥无味的活动，怎么能让一群正是热血沸腾，青春烂漫的大孩子们如此地痴狂。也许是在教室里待得太久了，压抑的时间太长了，好不容易有了这么一个可以让自己无所顾忌地大吼大叫的场所，所以才莫名兴奋吧。

终于临到自己的班级了，整齐地上台，排好，站好，一切井然有序。明亮的灯光下我也便坦然地随全体同学张大了嘴巴大声地背诵，那阵势，那场面，很是豪迈，激情万丈。

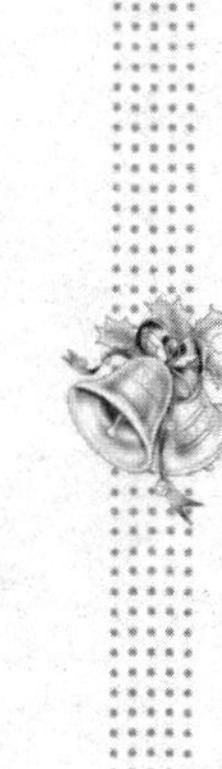

也许自己真的是背得滚瓜烂熟，反正自己在张嘴在发声，整个班级的男女生都在努力张嘴发声为自己的班集体争光。背诵完是热烈的掌声，台下群情激奋。接着是抽学号出列背，9号！天，是我呀！在同学们的催促下，我茫然地接过主持人的话筒走到台中央。天！这就是班主任多看了我那两眼的结果，我咋这么背啊？

面对热情的台下，我茫然地不知身在何处。我的大脑一片空白，所有的一切静止，时间静止，声音静止，寂静，寂静，好像走进一个偌大的森林，我在抬头茫然地看，看树隙间的光线，不知所以。

时间在嗒嗒而过，感觉有一个世纪那么长，那么久。我脑海中啥都没有，一片空白。这样不知站了多久，只觉太长太长，说不出的感觉，没人帮我，把我领走，离开。

终于我对着话筒机械但不失礼貌地说：“对不起，我太紧张了。”便轻鞠一躬鬼魅般回到班级的队列中。天，这就是紧张，紧张得啥也听不到，看不到，像梦游。

耳边依旧没有任何声息，眼睛里也依旧没有同学的任何表情。我就呆呆，木木地站在他们当中，转身，下台，回座位。

后半场的比赛我在自己的座位上没有看到听到任何的人和声音，我依旧聋而盲，时间那么漫长，漫长得我找不到自己。

比赛结束了，我随同学们的脚步回到宿舍，宿舍的楼梯好高，好陡呀！那些从我身边匆匆而过的同学都会侧头看我一眼，瞧，这就是今晚那个说对不起太紧张特出格的姐们。从没有的疲惫和劳累向我袭来，腿脚那么沉那么重，我不得不低头把台阶一一艰难地数完走完。

事后，没人说我，班主任也啥都没说，但我能想象得到他的失望还有在台下观看时的尴尬。很长的一段时间，我都不能自拔，沉浸在自己的失败当中。

唯有体育班的那个男孩事后惋惜地告诉我，他就在台下，离我很近，并大声喊叫告诉我答案，他班的同学都喊。可当时的我心里一片空寂，耳际里毫无声息，那么热闹的场景竟然就在我的生活中如电影中刹那般的静止，空白，慢镜头似的，蒙太奇般地没了声息。

我很抱歉地说，太胆小，太紧张，啥也听不见，啥都忘了，记不得了。

其中一个同学不无嘲讽地说：天！她竟还记得会说对不起。

一切都过去了，随着时间的流逝，所有的都在淡忘，一切都不再那么重要，但那段没有太多欢乐的青春还是给我留下了一个苍白的疮疤。

究竟那样的岁月该怎样过，自己曾经很是厌烦那些毫无意义的活动，总觉是在浪费时间精力。用那么多的晨读时间去背那些枯燥的条条框框，究竟能有多少益处，我至今不知。

曾经也很厌烦清晨的跑操，朦胧中，还没有睡醒，喇叭里便响起了冲锋的号角，那滴滴答答的小号是战争片中胜利的号角，是一种喜悦兴奋。但放在早晨，让它成为唤我们起床的号角，便不再激扬美妙，而是一种聒噪。虽然现在早不用听号起床，但至今仍是条件反射，听到它便有说不出的心烦气躁。

单调枯燥的校园生活，就在自己愿与不愿，乐与不乐中一闪而过。好在我安然地度过那段岁月，没有错走歪走那段需要关怀的羸弱的青春。

那段时间，书让我安静下来，有了自己的心灵的收获，书永远都是人们最真挚友好的朋友。

我想告诉那些仍处在青春时期在校读书的孩子，无论青春怎样如鸟雀跳跃，都应多读书。你可以有很多的朋友，但书这位不语的哑友，对你却是最真诚无私的。它不会让你远离人群，智慧，从而永远推你向前。

载于《疯狂阅读》

我从不质疑书的力量，就像我始终相信朋友一样。青春路上的迷茫和躁动，人生路上的坎坷和纠缠，都可以用书的力量一一化解！

差生也能造原子弹

文/庞启帆 编译

我有幸成为了普林斯顿大学的学生，不幸的是，第一个学期结束，我的成绩惨不忍睹，几乎所有的学科都是 D 和 F。教务长决定把我降级为试读生，并宣布，如果第二个学期我再有一门功课不及格，我就得卷铺盖走人。

第二个学期一开始，我就强迫自己对所选修的学科产生兴趣。其中，我选修的一个学科叫作“核武器战略及军备控制”，每周三个学时。一个周一的早上，著名物理学家弗里曼·迪森在课堂上跟大家讨论原子弹的问题：“原子弹的威力大家都知道，这在日本的广岛和长崎也已经得到证明。你们说原子弹的威力这么大，那么制造一枚原子弹到底需要多少原料呢？”

全班没有一个人回答。

迪森教授一笑，继续说：“各位都知道，制造原子弹的重要原料是钚，而要制造一枚低级的原子弹仅需 15 磅的钚。如果增殖反应堆被广泛应用，那么每年运送到美国的钚可以制造出几千枚原子弹。但这些钚很有可能被盗走或在运输途中被劫走。”

很多同学马上说，这样的话，恐怖分子岂不可以自制原子弹？

“不可能!”一个同学反驳道，“恐怖分子没有制造原子弹的技术，再说，他们也无法得到资料。”

不可能？还是有可能？这个问题开始在我的脑中挥之不去。我查阅了参考书，结果发现：一位著名的核物理学家说，恐怖组织可以轻易地从核反应堆盗取钚或铀，然后运用已经公开的资料设计出可以引爆的原子弹。而且除了钚之外，别的所有材料都可以合法地从五金商店或者化工公司买到。

突然，一个念头在我的脑中蹦了出来：像我这样连中等水平也算不上的物理系的学生能够设计出一枚理论上可以引爆的原子弹吗？如果成功的话，我相信教务长肯定不会让我退学了。我决定去请求弗里曼·迪森教授做我的导师。

“我可以给你指导，但是你要明白，我参与的是政府的机密工作，任何绝密资料我都不能说给你听，我能给你提供的资料只能是在学校的图书馆可以查到的。还有，由于涉及政府的机密，所有凡是有关原子弹的设计的问题，我既不能回答‘是’，也不能回答‘不是’。”迪森教授这样对我说。

“是的，先生，我明白。”我答道。

几天后，迪森教授交给我一张书单。我兴奋极了，但一瞧上面所列的书目，马上感到失望。他列的都是一些普通核物理和当代原子理论方面的书籍，这些都是一般原理的教科书嘛！我原本还指望他能给我多一点指导呢！

随后，迪森教授也只向我解释核物理的普通原理。如果我问及具体的设计或者数据时，他就会扫一眼我的图纸，然后把话题岔开。刚开始时，我以为他这样做是默认我做对了。为了确认这一点，我给了他一个错误的数据。结果，他看过后，又岔开话题。

一个月后，我去了趟华盛顿特区，我听说那里有一份已经

解密的核工程文献。果真，我找到了那份详细描述20世纪40年代初期最前沿的科学家都知道的原子裂变的细节的文献。

当我把那份文献放到迪森教授面前时，他的表现很震惊。这让我确信，我肯定可以拿出一个有价值的方案来。

要引爆一枚原子弹需要很多精确的配置材料，这些材料多数是如何引爆反应堆保护层外围的炸药。这些不同的炸药的排列则是制造原子弹的最高机密，而这也是我需要攻克的最大的难题。

接下来的三个星期，我什么课都不上了。我不分昼夜地干着。我从一个恐怖分子的角度去思考每一个问题：这枚原子弹的造价不能太昂贵，设计要简便，而且体积要小，小到能装进汽车的后备箱。

我的设计实质上是在拼凑一个复杂的七巧板游戏，我每天都在浏览文件，寻找尚未解密的知识领域。一旦解决了那个板块，我就马上拼凑上去。

离第二个学期结束还有三周，这个“七巧板”还差两块没拼好。一是要使用哪些炸药，二是这些炸药应该如何围绕钚排列。又一周过去了，这两个问题没有取得丝毫进展，我不得不重新审查我的整个设计过程，哦，上帝，原来有几个数据被我计算错了。

还有10天时间，我又审查了一番整个设计过程。如果我的化学方程式正确，我的这枚原子弹的威力不会比投放广岛与长崎的那两枚差。但是，我必须了解要使用的炸药的性能。

学期结束倒计时的第9天上午，我打电话给杜邦公司（美国大型化学公司），找到了化学炸药部经理格拉夫斯。

“您好，格拉夫斯先生，我是普林斯顿大学物理系的一名学生。我正在研究在一个球形的金属体内放置某种极高密度的炸药的排列问题，您能给我建议一种符合这一要求的杜邦公司的产品吗?”我开门见山地说。

“当然可以。”他愉快地说道，“就您说的这种情况，我们公司的产品完全可以解决这样的密度问题。”

我顺利得到了急需的信息。

学期结束倒计时的第8天下午，我拿着写好的论文直奔物理系大楼，闯入系主任的办公室。系主任停下手中的工作，像看怪物一样地看着我，我已经一个月没有刮脸了。

“我想给您看一篇论文。”我说。

学期结束倒计时的第5天上午，我再次来到物理系主任办公室。系主任却不在，我的论文也不见了。

“你是设计原子弹的那个学生吧?”秘书问我。

“是的。”我答道。

“系领导已经开过研讨会，打算把你的论文作为保密项目交给美国政府。”秘书盯着我说道。

我差点儿没晕倒，好一会儿，我不知该说什么，但心里响起一个声音：“我想我不会被退学了。”

载于《特别关注》

每个人时时刻刻都有可能成为新的自己，每个人都是一样的，相信自己，就是成功的第一步。

戏痴

文/李　普

人生太短暂了，要多想办法，用极少的时间办更多的事情。

——爱迪生

她自幼痴迷戏曲。

十三岁的时候，父亲托了人，送她到县剧团学戏。先是在团里干杂活，跑龙套，三年后才慢慢演上有名有姓的角色。虽然大多是一些小配角，可她心里却有一个绚丽的梦想——希望有一天能成为众人喝彩的主角，摘取省戏曲界的白莲花奖。

那时，捧回白莲花奖是每个戏曲演员的梦。

她刻苦地学戏，但演艺市场越来越低迷，剧团不得不解散。同事们都另择行当，唯她放不下对戏曲的热爱，又辗转加入邻县戏班，依旧以唱戏为业。那些年，只要能登上舞台，她从不在乎场地大小，听众多少。哪怕是在最偏僻的乡村，她的一板一眼，一招一式，都还是一样细腻，情感饱满。

她向着小小的梦想不懈地努力，但常常又倍感失落！因为别人的一声倒彩，因为希望的渺茫，她会失望叹息，甚至想到退缩；因为别人的一句夸赞，又会兴奋好久。一颗不淡定的心，就像吊在崖边的木桶，随风飘忽。

这让她感到很累！

第二年，省里举行戏曲大赛，她满怀希望地去参加。赛场上，过了初选，复选却被刷下来。初次失败的打击让她备受煎熬，心中翻来覆去地难受！

沮丧过后，她调整心态，更加刻苦地磨炼自己。一年四季，她始终活跃在舞台上。冬天，天寒地冻，她穿着单薄的戏服在舞台上唱戏，冻得脸色苍白，瑟瑟发抖；夏天，明亮的舞台灯光打在她身上，蚊蚋横飞，衣衫湿透。有好多人不理解，一个小演员，这样努力给谁看？

她听了，心里难过，但依旧用心提高唱腔、演技。

第四年，又逢大赛，她鼓足勇气去报名，没曾想，结果同两年前一样，她又一次铩羽而归。

坐在回乡的汽车上，她一路流泪。想想这些年的艰难跋涉，一次次的希望和失望；再想想如今两手空空，梦想遥不可及，她怀疑自己根本不适合这门行当。心灰意冷之下，她决定从此退出舞台，再不做梦。

她到家乡村办工厂做工，把对戏曲的牵念深埋在心底。

大约半年后，她有事情去邻县，在县城郊外的一处村庄，她迎面遇到一位老妇人。那妇人仔细打量她，然后走到她面前惊讶地问："你是不是唱戏的董彩云？"她点头称是。那妇人没来由地眼睛就红了，拉着她的手感慨说："你唱得真好，俺老伴最爱听。有时听说你来了，跑好几个村子撵着听你的戏。他头年里走了……临走还念叨着想听你的戏……"

夹带着湿雨的风轻轻吹过她的面颊，她握着老妇人的手，一时怔在那里，感动和意外就像那雨轻轻滋润她枯萎的心。她以为她的戏一无是处，她以为自己太过庸常，演戏快十年了，今天才第一次知道她会有如此挚爱她的戏迷。

哪怕只有一个这样的戏迷，也足以让她那颗充满怨怼的心释然。她这才明白，艺术的魅力不是你获得过多少奖，也不是你曾赢得了多少喝彩，而是你有没有走进人的心里，有没有给人们心灵的触动。把戏唱到观众心里，让他们喜欢，这样的褒奖又哪里比奖杯逊色呢？

原来，她所有的付出都值得。

她重新走上舞台，那些烦恼郁闷如被风吹散的浓雾，离她远去。她给捆绑太多功利的心松绑，心变得如辽远的碧蓝天空，单纯、轻盈。她在艺术的天地里飞翔，再没有对名望的渴求——只要能走进人心里就好。

这样平静的心态反倒让她在艺术的世界里进步神速。不久，她在县里唱出了名气，渐渐走上省里的舞台。

后来的后来，被人称作“艺术家”的她每当跟年轻演员说戏时，总会以自己的实际经历叮嘱她们：“放下浮躁的心态，踏踏实实走好每一步，别给飞翔的翅膀绑上太多名利的沙袋。翅膀上的重负多了，飞不高，也飞不远，最终还会把自己压垮。静下心来，摒弃浮躁，潜心钻研，生活一定会善待你。”

载于《小小说选刊》

每个人的生命都是一只小船，梦想是小船的风帆。很难说什么事情是办不到的，因为昨天的梦想，可以是今天的希望，并且还可以成为明天的现实。没有一颗心会因为追求梦想而受伤，当你真心想要某样东西时，整个宇宙都会联合起来帮你完成。

赢在奔跑过程中

文/莲叶深深

我以为挫折、磨难是锻炼意志、增强能力的好机会。

——邹韬奋

输在了起跑线上

我抱着《窗边的小豆豆》《海底两万里》《中国童话精选》等好几本家教专家推荐的书，对10岁的儿子兴高采烈地说：妈妈给你买了很多好看的书，你快来看看。正在画画的元元抬头看了我一眼，不耐烦地说：我不爱看！下次你别给我买了！

我耐着性子说：好孩子，你翻翻好不好？这些书都是写小朋友的，又有趣又有意义，很多孩子都喜欢的。元元不情愿地放下画笔，把这些书挨个翻了几下，然后说：我可没觉得有意思，不爱看！我再也忍不住，大怒道：你必须看！这些书看不完不许再画画看漫画！看我生气了，元元不敢再说什么，便随手拿起一本书撅着嘴看起来。

可看他百般无奈的样子，我没法相信他能真正读进去，只好喟然长叹。

同样是10岁的男孩，办公室同事刘菁的儿子阳阳就是一个小书虫，人家从小就爱看书。别说书了，就是看到任何一张有字的纸都不放过，都能读得津津有味、专心投入。

每天放学后，两个孩子都会来到我们办公室，阳阳会安静地坐在妈妈的办公桌旁，专注地看一本本的书。我的元元呢，一会儿蹲在地上拼图折纸，一会儿非要用我的电脑玩游戏，更多的时候干脆跑到外面不知玩啥去了，害得我下班后得到处找孩子。

到了小学毕业之前，读书多的阳阳已经能把书中的故事讲得头头是道，古今中外天文地理无所不知，作文写得文采飞扬，让所有人都夸奖赞叹。而元元呢，就是会玩，玩得花样百出，兴致勃勃。可是，玩能玩出好成绩吗？玩能玩出好前途吗？看他各个学科都学得马马虎虎，而语文和英语成绩更差。毫无疑问，这是阅读太少的原因。

和人家相比，我的儿子已经输在了起跑线上。

培养敌不过热爱

我很郁闷。

同样是教师，我还是学校公认的"才女"，单位所有的材料大都是由我执笔完成的，经常在报刊上发表散文随笔。可我的儿子居然不如人家孩子文科学得好，真是岂有此理！

我翻阅了大量家教著作，精心制定了一个培养孩子阅读的规划：比如每周带他去一次书城或者图书馆，每天晚上与他共读一本书，每周完成两篇阅读日记，等等。我对老公说，我就不信，培养不出他热爱阅读的好习惯！老公劝我，算了算了，孩子爱干什么就干什么吧，何必非要阅读不可呢。我说不行，我是教师，我懂教育你不懂，不爱阅读的孩子将来是不会有文化有发展的。

然而，我努力半年，却成效甚微。虽然在我的严令下，他能读一会儿书，却总是心不在焉。我问他有什么心得感受，他经常是一片茫然。后来再让他看书，他就两眼发直，目光呆滞。老公生气了，说好好的孩子，你别把他逼傻了。不爱读就不爱读，咱以后学理科就是了。我实在没招了，只好退而求其次，放弃了有文化有品位的名著，给他买《金庸全集》《阿加莎侦探小说》，甚至《故事会》这类通俗读物，他才多少看了点。

我不得不承认，再努力的培养也敌不过孩子自己的兴趣和热爱。我的孩子就是不爱读书，那就随他去吧。

快乐的初中时光

元元读了初中后，心灰意冷的我基本上已经放任他自由，除了老师要求家长签字的试卷，其余的我一概不看。别人争先恐后地给孩子找班补课，唯恐孩子落后。我也没给他找，因为我觉得他已经没有了培养前途，我何苦还花钱费力呢。

我不管他，元元乐得不行，每天放学回家飞快地写完作业，就开始各种玩。做模型了、画画了、做各种物理实验了，看电视里的《动物世界》《艺术创想》了，偶尔也会翻一些科普方面的杂志和书。初二的时候，居然让我给他买达尔文的《物种起源》。

每天在办公室，刘菁都问我，你家元元昨晚几点睡觉的？我说九点半啊。刘菁说，那么早？能写完作业吗？我说，他说他写完了啊，我也没见有老师找我说他没写完作业啊。刘菁叹

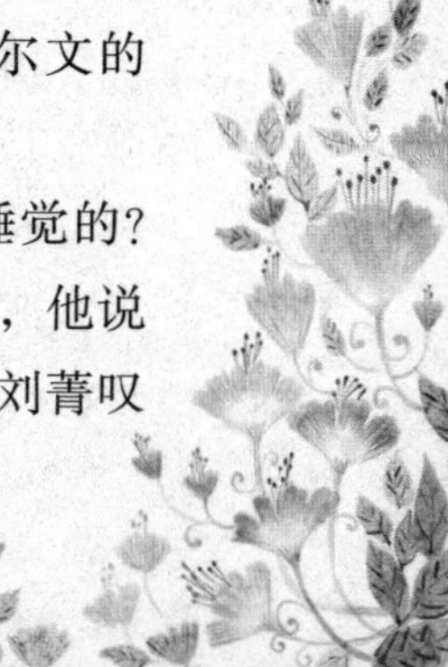

息，你家元元作业写得真快，我的阳阳几乎每天都要写到十一二点，他累我也累。开始我还以为是认真的阳阳写得慢，或者班级不同作业有多有少，后来跟元元同班同学的家长谈起，才知道原来大部分的孩子作业也都要写到很晚。

可我的元元，简直就是轻松愉快。更让我惊奇的是，几次考试下来，他的成绩虽然不拔尖，但是也能混上上等之列。知道元元实际情况的亲友无不羡慕地对我说，你真是命好啊，摊上一个聪明儿子，不怎么学习成绩也能好。我也觉得我像是摸到大奖了，难得这孩子又省钱又省心，最好的是，人家学习还不累啊！心情好了，对孩子也就更宽容了，对他不爱阅读也就不再耿耿于怀了。

中考时，不爱阅读的元元和爱阅读的阳阳以差不多一样的分数，考上了同一所省重点高中，还幸运地分到了一个班。

赢在奔跑的过程中

读高中后，虽然科目一下子增加到了九科，可元元依旧学得轻松自如。第一次期中考试结束后，出乎所有人的意料，元元竟然考了全班第一名，当然他的文科成绩没有理科好，但也没差太多。我有点怀疑，问他：你是不是瞎蒙的啊？你这样子，怎么能考第一呢？元元也很茫然地说：我也不知道啊。不久后期末考试时元元再进一步，竟考了全年级第一名。

相比之下，阳阳的成绩却是急速下滑，差不多已经到了中等左右的位置。阳阳问妈妈，元元还没有我努力呢，他经常在周六周日和同学一起去玩，可怎么成绩就那么好呢。阳阳妈说，那还用说，人家在家偷着学呗。刘菁把这话转述给我，我忙说，哪有啊，元元真的没偷着学。

看元元的成绩单，他的理科优势明显，但文科也不弱。我万分惊讶，一个从来不爱读书的孩子，怎么能将文科也学得如此好呢？我百思不得其解。第一次，我放下身段，虚心问元元：那些文科，你怎么学的，我也没看你认真背过啊？

元元笑，妈妈，你太落伍了。现在很多文科的内容都需要动脑筋去想，就算是需要背的内容，我也是理解的背，很轻松就记下来了。我翻看他的地理历史课本，果然里面有很多需要动脑筋进行综合分析的内容，比如地理中的经纬度、气压气流，历史中的经济史、科技史等，都不再是我们印象中只要死记硬背就能学好的科目了。

我翻看他期末试卷写的作文，是一篇用材料写的议论文，我一边看一边大惊失色。文笔很一般，一看就知道作者读书不多，所以词藻不够丰富，并且时有重复。然而整篇文章逻辑清晰、层次分明，引用恰当，观点鲜明。虽然语言不够优美，但说理很深刻，整篇文章思路连贯，一气呵成。老师给打了高分。

看着他的作文，我久久无语。

习惯了我一向喋喋不休的儿子有点忐忑，问我，妈妈我的作文写得不好吗？

我叹了口气，对他说，不是我偏爱，你的作文虽然文采稍逊，但真的很不错，比我当年写得好多了。妈妈放心了，就算你将来大学毕业找不到工作，也完全能够改行从文，写稿为生。

他问我，我能像你一样，在报刊上发表然后挣稿费吗？我摇头说，那只是发表，你要是肯用心，再多读点书，多练习写点，超过我根本不是问题。

他很高兴地抛开我继续玩去了，可我，却陷入沉思中。我终于明白，原来仅有阅读经验或者仅有数理知识都是不够的，对孩子来说，一边读，一边玩，让以阅读为主的文科丰富他们的文化底蕴，让以玩为路径的数理激活他们的思维。文理协调发展，孩子的学习才会更轻松，掌握的知识才会更全面。如此，才是最好的教育，最好的生活。

我的儿子，输在了起跑线，却赢在了奔跑的过程中。

载于《中学生》

人的成长，不是一时的高低，而要在一路上分出胜负。走走停停，经历挫折，发现兴趣，练就品德，人就是这样成长并成熟起来的。

一块鸡骨头

文/庞启帆　编译

幸运的不是始终去做你所希望做的事，而是始终希望达到你所做的事情的目的。

——列夫·托尔斯泰

几乎每一天，施帕斯一家子都是这么匆忙。大女儿艾玛在拂晓前就起床，然后踩自行车赶去学校参加课前游泳训练。接着是施帕斯先生，匆匆吃完早餐，嘴巴都来不及擦就抓起公文包往门外冲。即使是小狗希比，一听到闹钟响也会跳起来，飞快地跑到院子里去，希比认为早起的狗才能得到骨头。

一天早上，施帕斯太太一边忙着煮咖啡，一边把衣服丢进洗衣机。

“曼迪，亲爱的，为什么你总是最后一个？”小女儿曼迪下楼吃早餐时，施帕斯太太问道。

“我得跟我的金鱼说‘早上好’。”说完，曼迪小心地给面包涂上果酱。

“好啦，快点，拜托！”施帕斯太太一边催女儿，一边收拾厨房，她想第一个到达瑜伽学习班。

在学校图书馆，曼迪总是最后一个把她要借的书拿到借阅登记处。

“小姑娘，我不明白，为什么每次借书你都要磨蹭这么久？”图书管理员丽迪太太不高兴地问。

“我把阅读角的书都整理了一遍。”曼迪微笑着答道。

“哦，原来那个做好事的人就是你，真是太感谢你了，曼迪。”丽迪太太不好意思地说道。

数学测验时，曼迪总是最后一个交卷。

“曼迪，几乎每次考试你都是满分。”列奈老师说道，“你的成绩这么好，但你为什么每次都是最后一个交卷呢？”

“我喜欢仔细读题，还有把答案检查两遍。”曼迪答道。

“做得好！”列奈老师赞许地说。

艺术课结束后，除了曼迪，其他学生都争先恐后地涌出教室。“曼迪，你的画已经贴在墙上了，为什么还不离开教室？你看，其他同学都走了。”格雷老师不解地问。

“格雷老师，你看，有些同学忘记盖上颜料罐的盖子了。我把这些盖子盖好再走也不迟，要不颜料就会挥发掉了。”曼迪说。格雷老师一笑，和曼迪一起把忘记盖上的颜料罐盖好。

在放暑假的前一个晚上，施帕斯一家去拜访曼迪的老师，他们匆匆走向汽车，“曼迪在哪？”施帕斯先生问。

“她总是在最后。”艾玛说道。

施帕斯太太返回屋里找曼迪，发现曼迪刚好完成一幅送给老师的画。“走吧，曼迪，我们可不想迟到。”

“我敢肯定老师会问我们，你为什么老是最后一个。”曼迪上车时，施帕斯先生说道，“我们应该怎么跟他们说？”

曼迪想了一会儿，说道：“总得有人在最后，对吧？”

“说的也是，不过我从没这么想过。”施帕斯先生说道。

施帕斯一家逐一拜访了曼迪的老师，丽迪太太说：“曼迪帮了我的大忙。”

列奈老师说："曼迪的成绩非常棒！"

格雷老师说："曼迪总会替他人着想。"

没有一个老师问曼迪为什么总是在最后。

在离开学校的时候，曼迪走在最后，她面向每一间教室，跟它们说再见。

"这就是我们的曼迪。"施帕斯先生自豪地点着头说道，"总是在最后。"

"有时候在最后也是一件好事。"施帕斯太太笑着说道。

艾玛停下脚步，捡起地上的一张废纸，她把废纸扔进路边的垃圾桶，说道："今后，也许我们也应该尝试尝试做最后一个。"

载于《才智》

每个人都是平等的，每一个岗位都是受人尊重的，因为不管高低贵贱，那个位置总需要一个人在那里坚守。

第三辑

每个人都有不可复制的往事发生

我明白苏庭苇的忧伤，就像当初我被众人嘲笑时，那种彻骨的心痛。我们约定好，做最强劲的对手，亦是最好的朋友。我相信一定可以的，因为我们都有一段不可复制的往事，我们需要真正的友谊，我们懂得珍惜，我们有相同的梦想。最重要的是，我们读懂了彼此间的真诚，惺惺相惜。

内心的贫困

文/李兴海

提防别人不如提防自己，最可怕的敌人就藏在自己心中。

——斯帕克

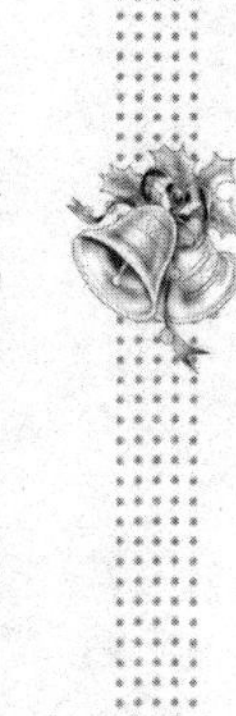

我曾有过这么一位同学，早年丧父，身世颇为悲惨，旁人听闻之后，无一不眼泪潸潸，心生怜悯。六年的中学生涯我都与她在同一间教室里度过。仿佛，命里就是注定要与她有那么一段回忆似的。

在我的印象中，她从来没有交过学费，学校亦没有催促或是追问过她。她的家庭异常贫困，这好像是众所周知的事了。每年学校的贫困助学名单上都有她的名字，红纸黑字，明目地贴在教学楼下。

有时候，我们会唠叨，你看她多幸运，都不用交学费，学校还给她钱呢！

六年的中学生涯，十二个学期，她整整做了十二次贫困生。并且，班级为她募捐的活动也不下十二次。

她总是低着头走路，穿得褴褛不堪。唯一的一次整洁，是在某个新年过后的开学。当时，我与几位同学正踏着鹅毛雪花在校园的小径上说笑着，忽然，她从拐角的地方出来了，粉红的小棉袄，紧紧地箍在身上，煞是好看。她远远地见到了我们，却从另外一条小路上急急走掉了。

接下来，几分钟的路程，我们都在抱怨，咒骂着她。家里贫困，为什么还要穿那么好看的衣服？况且，她的钱，大部分都是我们给的啊！大抵她是听到了这些话，于是从此，直至最后分离，我都再没见过她穿那件小棉袄了。

当年，我也在愤愤不平的行列之中。每年捐给她的那些钱，大都是母亲发给我的压岁钱。很多次想把它拿出来买一本心仪已久的书，一支钢笔，可踌躇了许久之后，还是打消了这类念头。因为心里总会想起她，以及她的种种遭遇。

每个学期的课外活动，她都如期参加。外班的人很是诧异，可后来都知道了，那也是募捐的结果。狭窄的讲台上，先生曾动容地说了这么一段话："我们是一个不可分割的大家庭，在同一个空间里说话，呼吸，成长。还有比这个更可贵的情感吗？怎能忍心落下她一个人不管呢？"

先生说完这段话的时候，眼里含满了泪水。这段话，也影响了我很多年。以至于在后来的几年中，不用任何语言，我都会在第一时间把身上的零花钱掏出来，投到募捐箱里。

外出游玩的路途上，只要有她，我们就会格外安心。她会安静地守在堆放行李背包的地方，远远地看着我们，只需你轻缓地叫一声，她便会把你想要的东西迅速翻找出来，递交给你。

我们已经习惯了这种毫无顾虑的游玩方式，而她，也好像是乐此不疲。

毕业几年后，我陆续听到旧日的一些朋友说起她的现状，心里总是忍不住微微一痛，也经常会挂念，这个苦命的同学，现在究竟过得怎么样了？

与她再见之时，我已成家立室。她在附近的一家工厂里帮忙干苦力，还是和多年前一般低着头，只顾走路。

我与她说了很多话，并留了我的住址，叫她如需帮助就记得找我。半晌之后，终于鼓足了勇气问她："中学时候，每次外出活动，你真不想游玩吗?"她笑笑道："拿了你们的钱，总得帮你们做点事，心里才安适。"

顿时，我内心涌起狂澜。这么些年，我们一直以为自己给了她最大最贴心的帮助。殊不知，却是在强行剥夺她追求美与自由的权利。

贫困生的帽子太重，年数太长，以至于在汹涌的人群，悲悯的眼光中，过早地让她的内心干涸了。

载于《哲思》

我们都有非常强烈的自尊心，可是面对生活，我们却不能改变什么。接受或者拒绝，恐怕都是非常艰难的抉择。

给我一双同情的耳朵

文/陈　溯

如果人们能以互相间的同情，及人道的行径来剔除祸根，则人生的灾患可消减过半。

——爱迪生

在澳大利亚弗里曼特尔小镇里，曼妮·罗兰的名字正在被小镇的居民们口耳相传。清早，曼妮·罗兰来到她的工作室，一路上，人们友好地与她点头致意，并热情呼喊她的名字，罗兰的心情好得如小镇上的点点阳光。

曼妮·罗兰从小生活在弗里曼特尔小镇，她的家境贫寒，父亲是镇上的一个修鞋匠，母亲是个家庭主妇，照顾着一家老小的生活。罗兰的身材长得特别矮小，她一年四季总是穿着母亲去裁缝店讨要来的碎布拼成的粗布衣裳。她从不因为家境的贫寒而感到羞耻，她相信贫穷的人也可以生活得很快乐。但唯一让罗兰感到苦恼的是，小镇上的小伙伴们经常会大声嘲笑她身上穿着的那些用好多种碎布拼起来的“稀奇古怪”的衣服。

“哦，罗兰，你的衣服是用码头上的破麻布缝制的吗?”“罗兰，你的衣服和你的身材看起来是多么滑稽可笑啊!”孩子们总是这样嘲笑她，那些有钱人家的孩子除了欺负她，没有人愿意和她玩。

“妈妈，为什么伙伴们都嫌弃我？”罗兰伤心极了。“孩子，只要你保持着单纯的心、温暖的心，积极向上，总有一天，伙伴们以及小镇上的人们都会喜欢你的。”母亲拉着她的手安慰她，罗兰似懂非懂地点了点头，她相信会有这么一天的。

读初中时，罗兰在学校上美术课，美术老师罗昂先生给孩子欣赏一幅米勒的油画《拾穗者》。画面上，三个农妇正低头弯腰在已经收割过麦子的田野上，捡拾遗落的麦穗。孩子们都感觉到画面里的人物虽然贫苦、艰辛，却给人一种温暖真切的感觉。罗昂先生问班上的孩子们说：“有谁能说说对这幅画的感想？”罗兰说：“这幅画上的农妇们虽然辛苦地劳动着，可是，画面上有一缕阳光洒落在农妇弯曲的脊背和有力的手臂上，因为有了阳光，劳动中的人们就给人温暖纯朴的感受。”罗兰的话音刚落，班上响起了热烈的掌声，就连罗兰本人也为自己的这番话而感到全身充满了力量，她相信，在以后的日子里，不论生活中有怎样的黑暗，自己都将迎着阳光前行。

高中毕业后，罗兰找到一份在景区服务的工作，家里的生活有了好转。可是，罗兰的心里总觉得缺少了什么。有一天，一向被家人朋友认为没有艺术细胞的她忽然拿起了画笔，她临摹了罗勒以及很多著名的画家的作品，都惟妙惟肖。

可是，罗兰却被一个问题困扰着，她的画全都是临摹一些著名的画家，她想要画出与众不同的画，却总是画得很不如意。她不知道问题究竟出在哪儿，于是苦恼地来到了罗昂老师的家中。罗昂老师对罗兰说：“假如你要画得和别人不一样，你就得打开同情的耳朵，把嘴巴闭上，然后打开你的听觉，认真倾听别人的故事，反复去思考，反复去画，这样一定可以画出优秀的作品。”

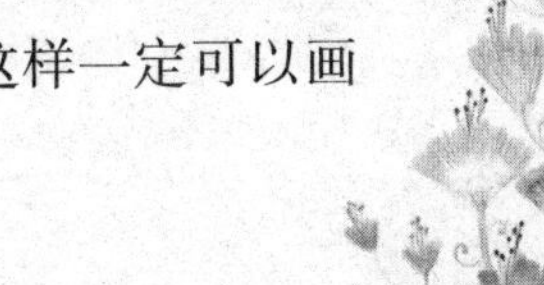

听了老师的话，罗兰恍然大悟。

多年以后，罗兰成了小镇上著名的自由画家，她的画有阳光的味道，给人积极的人生导向。虽然她的画笔下也有灰暗，但是因为有阳光的对比，从而使整个画面显得特别美丽！

小镇的人们惊奇于她从一个景区客服到优秀画家的蜕变，有人问她怎么看待自己的成功？罗兰说："我靠的只是单纯和温暖的内心，以及一双同情的耳朵。"

载于《花季雨季语文与阅读》

一颗单纯的心，一个单纯的灵魂，自然，没有功利，去面对人和生活。你眼睛看到的自然是生活最朴素的一面。

将谎言变成现实

文/冠 豸

不尊重别人的自尊心，就好像一颗经不住阳光曝晒的宝石。

——诺贝尔

记得是在小学三年级的时候，我刚从农村转到县城的小学读书。还在农村时，就听同学讲，城里的学生都很厉害，他们不仅特别聪明，还很爱看书。我在农村小学也是门门功课都很好的班长，但到县城后，会不会就输给城里的孩子呢？我不知道，心里很担心。

父亲在县城当建筑工人，每天早出晚归，有时晚上还要加班倒水泥，根本没空辅导我学习，其实父亲也不识几个大字，想帮忙也是“心有余而力不足”。我从小是个很要强的农村娃，我不想输给城里的孩子，不想回老家时，被曾经的小伙伴嘲笑，所以到县城后，我就暗下决心，一定要好好学习，争取能赢过城里的孩子。

那时刚学写作文。我不会，不知道要怎样写，写些什么。脑子里有许多的故事，但是写不出来，也不会表达。父亲的收入不高，每个月除了留下我们俩的生活费，剩余的钱都要送回老家，妈妈、妹妹、爷爷奶奶还在农村，他们靠父亲微薄的工

资贴补家用。我一直想让父亲帮我买几本作文辅导书，但开不了口，还好，一个热心的邻居，他儿子考上中学后，他就把他儿子以前看的作文书全送给了我。厚厚的一摞，拿到手里时，我感觉沉甸甸的。我如饥似渴地浏览起来，每天写完作业后，我就看作文书打发时间。

看了很多，但我还是没学会如何写作文。许多优美的词汇，我都是第一次看见。我想我完了，作文写不好，影响我的语文成绩。半期考来临时，我真是心急如焚。赶鸭子上架，在语文考试时，作文题《记一件有趣的事》，我就把作文书里看过的文章，凭良好的记忆，一字不漏地默写出来。那是一篇文采飞扬的好作文，老师给了满分。

我原来只是希望作文分不会拖后腿，没想到事情的发展由不得我控制了。我不仅那次考试取得了作文满分，总成绩也是年级第一名。县里的现场作文比赛，我成了三年级的重点人选。比赛时，面对熟悉的作文题，一筹莫展的我只能再一次把作文书上看来的文章默写下来。我只是想完成比赛，不想交白卷被人取笑。

回学校后，我再也没提作文比赛的事，因为我害怕被人发现我的作文其实只是默写别人的文章，根本不是我自己想出来的。出乎所有人意料，我又一次轰动了学校，因为那次现场作文竞赛我获得了特等奖，这是学校从来没有过的荣誉，连校长都亲自来找我，对我赞赏不已。一时间，我成了学校的名人，特别是他们知道我只是一个刚转学过来的农村娃时，都把我当成了天才。

面对热情友善的同学和老师无微不至的关怀，我背负了巨大的思想负担，常常觉得自己是一个心怀巨大谎言的坏孩子。我很恐慌，我害怕面对别人或羡慕或赞赏的目光，我变沉默了。没有人明白我面对那么多的荣誉为什么还会闷闷不乐，心事重重。虽然当年我只是一个孩子，但我明白谎言被揭穿的那一天，我将再也没有勇气面对任何一个人。

为了不让谎言穿帮，为了维护自己年轻而脆弱的自尊，我开始变得更努力了，我要把过去的谎言变成现实。虽然我知道自己不是天才，但我亦明白：天道酬勤，勤能补拙。除了认真上课，认真完成作业，我一有空就拼命地看作文书，那成了我上课之外最重要的事情。

我不仅看了大量的作文书，我还开始学着赏析别人的优秀作文。为什么好？好在哪儿呢？如果换一种思路写，会不会有更好的效果？我还注意别人的写作手法，谋篇布局。没有人会相信一个小学三年级的孩子，为了让别人相信他真正会写作文，居然学会了用带有批判、挑剔的目光去赏析一篇篇刊登出来的优秀作文，取其精髓。

我把别人的写作手法、好词好句消化后，变成自己的东西，然后用到作文中去。我开始写自己真实的故事，写自己心里想的、感觉的，不再默写别人的作文。

我知道我真正长大了，从我第一次在半期考默写别人的作文得到满分，我撒下了第一个谎言的时候，为了不让谎言穿帮，我只有努力将谎言变成现实。

我们的一生中，都曾撒下过这样或那样的谎言，谎言被揭穿的那一刻，该是多么的心灰意冷、无地自容！那我们何不通过自己的努力，在谎言还没穿帮前将谎言变成现实，这样心才会安宁。

载于《启迪与智慧》

有自尊是一件非常好的事情。每个人小时候为了自尊心都撒过各种各样的慌，可是后来为了不让谎言拆穿，我们又暗自努力了好长时间。有时谎言也是动力。

一位差生的老师

文/杨宝姝

师也者，教之以事而喻诸德也。

——《礼记》

当她担任班主任的第一天，他带领一帮最为调皮的孩子送了她一个终生难忘的礼物——十只鲜活的蛐蛐。那是他们几人奔忙半日的结果。

她满怀欣喜，小心翼翼地打开密封的盒子时，鲜活的蛐蛐顿时“吱吱”叫蹿起来。她还未看清楚，几只黑乎乎的虫子便跃上了她的肩头，她一瞬间吓傻了，竟然丝毫不顾场合与个人形象，在教室里乱跳乱蹦，惊慌失措，惹得众人捧腹。

事后，她气极了，委屈的泪顺着洁净的脸庞簌簌而落。她不远千里，不辞劳苦地从北国之都前往这片荒村支教，却万万不曾想到这些在贫困中生长起来的孩子，竟然会如此淘气。

她一个人，肩负三个年级的课程。偶尔，哪位同学病了，她还得充当临时医生。一日下来，筋疲力尽。她时常会幻想她所在的城市。直到此刻她才明白，之前那座生自己养自己又让自己怨声载道的城市，其实是多么美丽与诱人。她不止一次想要回去，可总觉得对不住那些村民。她刚来的第一天，还未当上班主任，便已向那些前来热情迎接的村民许诺，要在这穷乡

僻壤待足三年，教会这帮孩子读书写字。

他不喜欢读书，即便他真切地知道知识可以改变他的命运，可以带他离开这片贫瘠的土地。若按“调皮孩子多聪明”的常理来说，他该是班上最聪明的孩子。一无所有的荒村里，他总能找到让大家开心娱乐的法子，他总能让每一个老师哭笑不得，他总能让班上的那几个男同学都听他发号施令。

为了让他有责任心，发现自己的不足，她让他当了班长。原本以为，颇有威信的他会管理好班上的课堂纪律，殊不知，他却带着全班同学提前早退，逃到后山腰上采野果。

他的学习成绩每次都很稳定，保持倒数第一。所有的老师都对他绝望了，劝她不要再在他身上花半点心思，他天生就不是读书的料。他不信，说要证明给他们看，他只要努力，就一定能成为一名品学兼优的学生。

他逃课游泳，碰上大雨，通身湿透，不敢回家，怔怔地坐在教室里等待衣服被身体烘干。殊不知，却发起了高烧。她背着他，来不及换鞋，踏着高跟，“噌噌”地迈上山路。他伏在她的背上，微弱地撑着雨伞。

躺在诊所的病床上，他看着她因崴倒而浮肿的右脚，断脱的鞋跟，一言不发地流泪。她以为他怕自己回家后会被父亲责打，于是就轻抚着他的肩膀，安慰地说：“别怕，别怕，待会儿到家了，我就跟你爸爸说，你在我家里补习功课。这样，你就不会挨打了。”

他哭得更凶了，“呜呜”地喘不过气。她不知道他根本没有父母。他的父母在他很小的时候，一同南下外出打工，结果，一去不复返。这些年，他与奶奶相依为命。他之所以不敢回家，只是怕年迈的奶奶伤心罢了。

第二日，所有人都不明白，为何他忽然认真听起课了。与预想完全不同，他之所以这么做，完全是在做表面工作，他实在不想读书，可又不想让她伤心，只好这么做了。

毕业之时，尽管他的学习成绩仍旧保持“第一”，可性格却有了翻天覆地的变化。他不再恶作剧，不再喜欢让他人难堪，不再内向，孤僻，乖张。短短三年，他变得高大，强壮，乐于助人，开朗，活泼，如换了一人。

离去的当天，所有孩子依依不舍地将她送上了山路。绿树滚滚，模糊了她的视野。她再三驱逐，都无法将他们撵去。她说：“送君千里，终须一别。”孩子们站在松涛呼啸的山间，哭了。

他隐在人群中，几次欲上前告别，都未能鼓足勇气。他多想上前亲口说声“谢谢”，抑或说声“对不起”。可上前时，却如鲠在喉，只得奋力地挥了挥手。

很多年后，在黄土地上徘徊过后的他和当年的父母一样，踏上了南下的列车。第一笔工资，他买了一双崭新的高跟鞋。

她收到这双高跟鞋时，几乎都忘却了他的名字。在城市中，她已经送走了很多届优秀的学生，他的名字，已在这些记忆中模糊。直到目及盒中的相片，她才恍然记起，那个在很多年前，让她难堪落泪的大眼调皮男孩儿。

照片背后，是一段让她泪湿的拙劣笔迹：“感谢您，老师，直到我们别离的最后一刻，你都未曾将我这位最差的学生放弃!”

载于《语文报》

突然想起一个问题，好像到最后被老师记住的，都是那些调皮的学生。因为这些学生比其他人具有的优点是，他们更懂得尊敬人，更喜欢自己的老师，虽然学习始终不好！

支离破碎的善意

文/王万龙

我们平等地相爱，因为我们互相了解，互相尊重。

——列夫·托尔斯泰

她是班里最让人心生怜意的差等生。起初，很多人不明白为何她的成绩差得如此要命，学校还三番五次地为她召开募捐大会。

直到那次体检之后大家才知道，她不但是个色盲，反应速度也有着极大的问题。于是，先前那些对她冷嘲热讽的同学，忽然后悔起来。要知道，在如此竞争激烈的重点中学里，一个智力有问题的女生，能考出这样的成绩已属不易。

每每召开关于帮助她的主题班会，同学们都会异常团结，万众一心。最让人感动的是，几年间，她从不曾对谁哭诉过她的一贫如洗的家庭，更不曾抱怨过自身的种种不幸。相反，她的乐观，豁达，乐于助人，深深感染了周围的所有顽劣少年。

记得有一次，隔壁班的坏男生笑话她是弱智，并在楼梯间里故意将她绊倒，狠狠地告诫她，这条路是聪明人才能走的，以后，她不能再走。这件事，她始终守口如瓶，整日欢笑着与班里的同学一同来去，只是每每走到那个楼道时，她总是不经意地撒开了她们的小手，独自走向了另一条稍远的楼道。

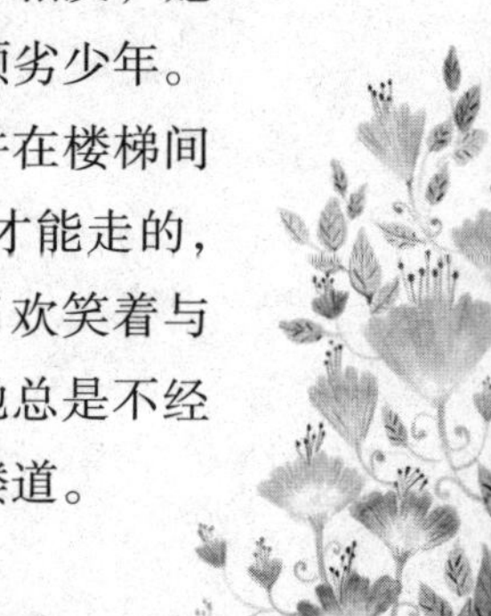

事情的始末，终于还是让班里的同学知道了。那天，我头一次见后排的坏男生们如此团结，在清晨第二节课后的广播操时间里，硬拉着她去走那条稍近的楼道。她推诿不过，只能被人群簇拥着去了。不知为何，她走着走着，竟然簌簌地落起泪来。那些莫名的泪水，深深地唤醒了那些坏男生的良知。

兴许，时至今日，都没有过这样一个集体，诚心实意地维护着她，将她当自己的亲妹妹一般看待。当然，那个坏男孩再没敢欺负她。我亲眼看到，他被那声势浩大的场面吓得脸色惨白，腿脚哆嗦。

临近毕业的时候，班里人无不暗自伤感。尽管班里的几位高才生轮番上阵，彻夜不停地为她补习功课，但还是不得不承认现实的残酷与冷漠。大家各自心照不宣，似乎都已经早早预料到，这位让众人心生怜悯的小妹，将要在高考中名落孙山。

事如所料。填写志愿那天，她逐一邀请了班里的所有同学，哽咽着说，这几年，她一直想找一个合适的机会来报答我们。她实在想不出更好的办法，只得每日积攒零花钱，好在今天这个喜庆的日子里，请我们到门外的餐馆里大吃一顿。

那天，班里的大部分男生都哭了。呜呜的哭声，像窗外7月柳条间的暖风。没有一个人前去赴约，因为没有一个人舍得花这样的钱。如此暗藏悲剧而又饱含大爱的饭啊，叫喜庆洋洋的我们如何下咽?

时光将我们毫不留情地推散，各自奔向了天南海北。尽管生命中，先后出现了不同的面孔，但对于多年前的那个弱小坚强的女生，心中还是保留着一块最为柔软的空地。只是，历经世事之后，忽然对昔日的自己，有着深深的无奈与愧疚。

当年，如果我们能忍住泪水，欢喜着吃下她郑重邀请的那一顿饭，那么，即便她从此一世黯淡无光，也可以在惨淡的记忆中自豪地追想，很久很久之前，自己曾那么拼尽全力地回赠过那些帮助过她的人——那是多么光彩而又值得骄傲的事情啊。只可惜，这最后一次足以给往后岁月以慰藉的机会，也被我们执拗的善意，击打得支离破碎。

载于《时文选粹》

爱和放弃，有着很微妙的界限。重要的是，我们是否能够站在对方的角度来看待这个问题。如果当年去吃那顿饭，她该有多高兴，那是最大的尊重啊。

兄弟饭

文/李兴海

所有的错过、遗憾、伤痛，不管能不能弥补，能不能被原谅，都会随着人事的变迁而成为必须面对的现实。

——席绢

中学时，我曾有五个最好的伙伴，我们六人彼此形影不离，情似同胞兄弟。逃课一起，吃饭一起，放学一起，就连早恋的时间都是那么默契。

兴许是方言的缘故，我们彼此都喜欢称自己为“老子”。“嘿，你小子去哪儿了？老子找了你一个下午都没找着。”“你再说那女生，老子跟你拼了！”“喂，把你那本小说给老子看一下。”

我们似乎都想不起来，是从何时染上了这样的恶习。虽然各自觉得这样的称谓方式不太好，但彼此都不介意。偶然不想再说了，不愿再犯这样的毛病，就恭恭敬敬地自称“我”。但只要有人提起“老子”这两个字，就总觉得自己如果不回，便要失了便宜，于是前功尽弃又回到从前。久而久之，索性都不去理会，就这么互相咒骂着，开心着吧。

年少时的友谊永远是那么纯粹，我们可以不顾及对方的身份，家庭背景，甚至不顾及他的过去和名字。

三年高中时间，因为他们的缘故，过得不但飞快而且快活异常。离别时，我们紧紧地抱在一起，彷佛只要松开，其中一人就会被凉风带走。

村里有一种习俗，名叫吃“兄弟饭”。意思是说，你和哪个男生玩得比较好，觉得他可以做你的兄弟，那么就挑一个黄道吉日，请他到家中来，吃一次你父母联合亲手做的饭。这样，你们的友谊就会如同兄弟血脉一般，永世不改。

我们渴望能将这样的友谊延续下去。至少，有生之年不再更变。于是，纷纷提议，在离别前到各自家中吃一次兄弟饭。

我请母亲挑了日子，特意从隔壁邻居家中借了桌椅，静待他们五人到来。这是第一次兄弟饭，母亲细细审视了他们几个人，说了许多感谢的话。最后还叮嘱他们，吃了这顿饭以后，你们便是兄弟了，以后要互相照顾，互相体谅，切不可鲁莽行事，多生事端。

我们端着碗，静静地听着，想着几月后终须一别，忽然泪流满面。母亲见我们伤怀，哄骗我们说，吃兄弟饭的时候可不能哭，一哭，这情义就淡了。我们只好强忍住泪水。

那顿兄弟饭之后，我们更懂得珍惜彼此了。彷佛，对方真就是自己的兄弟一样。

吃过我的兄弟饭之后，依次该轮到他们五个人挑选日子了。那些天，我们过得很开心，也很彷徨。五个兄弟，就我一人考上了大学，其他五人，正在谋划着如何南下打工。生活的艰辛迫使我们要迅速长大，要面对人生和一些不得已的责任。

每吃一顿兄弟饭，我们就禁不住流一次泪。按理来说，我

们应该吃足六顿饭。可事实上，我们六人的兄弟饭，到第四次的时候就无故中断了。

那位皮肤黝黑，清瘦的兄弟，直到今日都不曾请我们去他家里吃过一顿兄弟饭。每次问他为何不请我们吃兄弟饭时，他也是支支吾吾。我们无不以为，他对我们六人之间的感情不以为然。于是，渐渐便淡漠了他。我北上念书时，其他四人皆前来相送，惟独他躲在家中。

由此，我们更加坚定了欲抛他出局的信念。

事实上，几年以后，我们还不曾抛却，各自的友谊就已经清淡得只剩回忆。偶尔在村口的小路上碰到，也仅是深情地对望几眼，寒暄几句。

他们已被生活的苦难压迫得抬不起头，或许衣衫褴褛的他们，已无法心无旁骛地与西装革履的我坐到一起再度谈天说地。

后来无意间走到田野中，竟看到当年那个皮肤黝黑，清瘦的兄弟，在广袤的碧绿田野里播种芽苗。我一眼认出了他，怀着忐忑而又激动的心情前去问候。

他和他的母亲一道辛勤劳作，我挽起裤腿，一面下田帮忙，一面微笑着问："小子，怎么不叫伯父一起来帮忙呢？"

殊不料，她的母亲竟然告诉我："哪有什么伯父？他爸都死了好多年了。"我们一直沉默，直到最后别离，也不曾说过一句话。

我忽然明白当年他不请吃兄弟饭的缘因，父母联合同做一顿饭，这个极为简单的条件对于那时的他来说，无非等同于幻想。

当年的友谊，当年的"老子"，当年的兄弟饭。我们以为，是给了彼此一生中最为甜美的青春回忆。却不知，有那么一个兄弟，正在被这些绚烂的过去伤害着。并且，一伤便是许多年。

载于《青年文摘》

> 也许，每个人的生命里都有那么一个人，因为没有及时地沟通，最后将他抛却在时光之外。天真地责怪是他放弃了自己，最后才发现，是自己放弃了他！

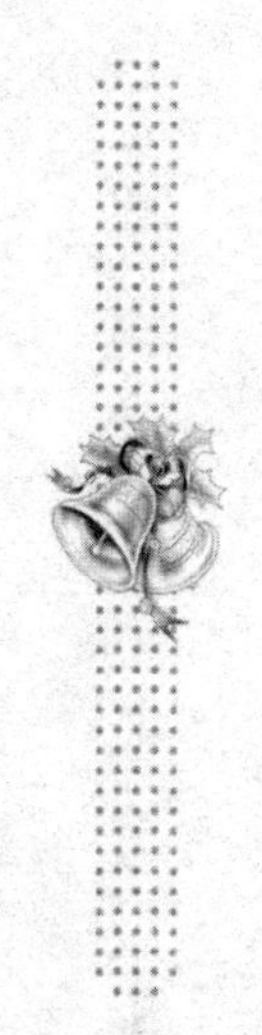

千年才能做兄弟

文/王万龙

朋友乃平常亲爱，兄弟为患难而生。

——旧约

一

年少时，每每对着镜子看到脸上那些凹凸不平的印记，便会由衷地恨起他来。

烈阳洒过斑驳的门前，墙外的欢笑如同一片柔软的羽毛，在我的胸膛里不停地挠啊挠。我站在床头，像一个被人遗弃的孩子般，愣愣地想象他们玩耍时的情景。

他的到来，让我有了如临大敌的戒备，他的眼睛乌黑闪亮，朝着门内四处搜寻。在我神情恍惚的情况下，他抱着那块本属于我的西瓜，逃之夭夭了。我的泪水和尖叫，霎时如同受惊的鸿雁，箭不可追。

他在门前停住了，回眸看着我憔悴的脸和烧焦灼的唇，咧着嘴巴问，我可以吃一半吗？我着急地说不行，险些摔倒在地。可我不能追出去，一是身子太虚，没了气力，二是母亲说过，我不能出门遭受凉风，否则，那些密密麻麻的水痘，便会奇痒难忍，在我的脸上留下不可祛除的伤痕。

我追到门槛，便再不敢逾越雷池半步。他看着鲜嫩欲滴的西瓜说，那好，我只咬一口，一口总行了吧？我可是你大哥。我摇摇头，对于孩子来说，他总是不愿拿自己心爱的东西与别人分享的。这没道理可讲，更没有缘由。

他终于还是在那块西瓜上留下了深深的牙印。我看着那块残缺不全的西瓜，哇哇地大哭起来。他扔下西瓜，落荒而逃，墙外瞬时传来一阵欢笑。我心里恨极了，甚至有点责备母亲，为何不把我先生下来，这样我便比他大些，也再不会受他的欺凌。

冰凉的泪水濡湿了面颊，呼呼的风，翻响了门前的树叶。我站在风中，抱着那块受了伤害的西瓜，哭了许久许久，后来，是母亲抱住了我。片刻后，我亲眼看见，他被母亲打得跪地求饶。

其实，那时我已经原谅了他，孩子的恨，总是短暂的。当我见到母亲的皮鞭，如雨点一般坠落在他的身体上时，心里恍然有了莫名的触痛。我说不明白，道不清楚。

后来，他真老实了，拉着我，坐在内厅的板凳上看电视剧《新白娘子传奇》。当屡次听到电视里唱“十年修得同船渡，百年修得共枕眠时”，他终于忍不住嚷嚷着问母亲，妈，妈，人家唱的这个到底是什么意思？

母亲说，意思是整整一百年才能修得同床安睡。他笑了，欢跳着出门与母亲顶嘴，一百年才能同床安睡，那我与弟弟这样形影不离，岂不是要和白娘子一般，苦修一千年？

二

我几乎淡忘了那年的事情，后来，依稀懂得爱美了，去照

镜子时，才恍然大叫着问母亲，我脸上，怎会有那么多坑坑洼洼？母亲没说话，恶狠狠地瞪着大哥。那时，我已经十岁，有了自己的小伙伴。而大哥，俨然十六，高挺结实，一副大人的模样。

我终于知道，这是那年啼哭所留下的印记。水痘消了，可脸上的疤痕，却如刀刻石壁，再也挥之不去。我隐约觉得，自己的这张脸就要完了，于是，对着青天白日呜呜地哭了起来。我多想有张和大哥一样的脸啊，刚毅而又充满清晰的线条。最重要的是，没有坑坑洼洼的山谷与丘陵。

母亲说，会好的，会好的，我心里便依稀有了希望。不知从何时养成了一个习惯，每次吃完饭，擦好药，都得跑去镜子前看看，看那些山谷与丘陵到底平缓了没有。

事实证明，母亲的预言并不可能实现。直到我足足十六岁，那些深刻的疤痕，依旧还是没能褪去。此时，大哥已经不再念书了，整天和一帮游手好闲的混混勾搭在一块。母亲伤透了心，不止一次对我说，要好好读书，这个家就靠你来争气了。

我和大哥成了两条泾渭分明的河流，我再不叫他大哥，而他，亦不曾再主动找过我。我跟母亲说，为了节省出更多时间投入高考，我必须住校，母亲没有反驳。之后归家，我便由原来的一日一回，变成了一月一回。

其实，我出来的主要原因，并不是因为学习，而是不想和大哥住在一起。每当我看到他和那帮来历不明的家伙搅和在一起时，心里就腾满了烈焰。我多想上去，照着他的鼻孔狠狠地来上一拳，告诉他一些做人的道理。可后来想想，还是没能去做，我知道，我们陷入了两种截然不同的人生格局。

当身边的少年们陆续接到了异性的信件时，要强的我终于慢慢开始承认，自己不过是一个自卑而又怯懦至极的孩子。

我时常在想，如果我的脸上没有这样那样的伤痕，是否就能像周围的伙伴们一样，气定神闲地和漂亮的女生坐在校门前的奶茶店里闲谈？或者，在回家的路上故意抬起那张纯真帅气的脸，引来陌生异性的注视？

三

我对大哥的恨，在少年逐日成长的时光间隙里，慢慢地膨胀起来。我拼了命地读书，目的只有一个——远远地离开他。

事如所愿，我终于考进了一所北方的大学。临行前，他召集了许多狐朋狗友来家里庆祝。母亲忙得不亦乐乎，显然忘了他们的身份。

那夜，他喝得烂醉如泥，紧紧拉着我的手，一遍又一遍地跟我说对不起。后来，想必是酒劲过了些，才喃喃地跟我说了两句离别的话。他说，去吧，家里一切有我呢。不知为何，原本极为愤恨的我，竟因为这句话，簌簌地落起泪来。

九月的站台下，母亲独自一人前来相送。她说，你不知道，你大哥这两年变了，你住校没有回来，一直都是他和那些朋友在帮我操持家务。尤其是最近半年，他听说你考大学，整日早出晚归地打工才凑够了这笔钱做你的学费。

我接过母亲递来的银行卡，再次忍不住落起泪来。我不知道，该如何审视我与他的关系。是该做一对极为熟悉的陌生人呢？还是该亲切地称他为大哥？

我很想对母亲说“帮我谢谢大哥”这句话，可挣扎了半天，还是没能说出口。大哥这两个字，已在我的世界里模糊了许多年。

到校不久，便听到他南下的消息，母亲成了我与他之间的传话人。偶然，电话里，母亲会说，你大哥要你注意身体，北方的冬天可冷了！听说能把人的鼻子都冻坏哩！我在这头嘿嘿地笑，泪水泛出眼眶。默默地说，大哥啊，南方的冬天也不暖和啊！

我跟母亲说，学校有助学贷款的政策，我完全可以贷款读书，毕业再还。母亲匆匆挂了电话，片刻后，又打了过来，焦急地说，你大哥不同意，他说了，家里还有他呢，怎么能让你没毕业就背上一大笔债？

某月，卡里生活费忽然多了大半，我打电话询问母亲，母亲说，你大哥非让我给你寄那么多，他说，现在的年轻人，大都已经恋爱，出去吃个饭什么的也是平常事，总不能老花人家姑娘的钱……

我握着话筒，呜呜地哭起了来。我的大哥啊，今年已经足足28岁，却因为我的学业和生活费，迟迟未娶。

大哥这一去便是整整四年。期间，他没有回家半次。他跟母亲说，回家的路费，都够小弟一月的生活费了。

四

大学毕业后，我亲自南下接大哥回家。他老了许多，三十不到，发隙间便出现了雪白的痕迹，眼角也有了微微泛起的鱼尾纹。那双粗糙的大手，如同铁钳一般生冷而又坚硬。

归家前，他叫了几位熟悉的工友，在附近的餐馆里庆祝我大学毕业。他如同当年一般，喝得烂醉如泥。半夜，他搂着我的肩膀说，咱们家终于有位大学生了！总算熬出头了！

年后，我硬拖着他去合影留念，他换了一身比较平整的西服，而我，则穿了一件时髦的T恤衫。付款时，摄影师客气地说，你们是叔侄俩吧？长得可真像！都说外甥多像舅呢，看来一点儿也不错！

我侧过头看着窗外的马路，忽然不知该说些什么，心里恍然扬起了愧疚的汪洋。大哥兴许是看出了什么，拍拍我的肩膀故作幽默地说，看吧，还是我比较成熟吧？

路上，我看着大哥结实而又卑微的背影，眼眶一片湿润。如果说，大哥曾用一种恶作剧的手段无意毁坏了我的容颜，那么，我是否也在无形之中，变本加厉地向他索要回来了呢？

两年后，我结了婚，妻子就是当年大学里的恋爱对象。母亲说，按照习俗，大哥没有结，我是不能结的。可大哥却极为不悦地说，这有什么？谁早谁晚不都是要结？何必争个先后？再说了，小弟结了多好，这一结，咱们家可就有两位大学生了！

我拗不过大哥，领着妻子进了家门。宴席那天，主持人说让乐队演奏个新婚曲目，用于背景音乐，得喜庆一点儿的。妻子提议用结婚进行曲，我说，还是用《新白娘子传奇》里面的主题曲吧。

结婚那天，我和大哥听着《千年等一回》，不约而同地泪水涟涟起来。我跟妻子说，新婚的第一晚，我必须陪大哥睡。妻子深知我和大哥的过往，欣欣然答应了。

当夜，我和大哥又睡到了同一张床上。我拉着大哥的手问，哥，你还记得当年你跟咱妈说过的话吗？百年修得共枕眠。可这兄弟，却是要修得千年方才能做啊！

载于《青年文摘》

渡尽劫波兄弟在，相逢一笑泯恩仇！感谢生命中那个与你血浓于水的平辈男人。

玉兰花开

文/朱向青

这城市那么空，这回忆那么凶，这眉头那么重，这思念那么浓。

——杨坤

南国的小城，又到了入冬的时节。

每天早晚，走在热闹或清冷的小街，会觉得有了些寒意，只想快快回家或躲到上班的地方去。匆匆地走着，忽听到后面有人唤我一声“小菁”，心里顿时涌起一股暖流，即刻回头，寻找那熟悉的久已不见的身影，我知道这是我漳州一中的老师或同学在叫我。

“小菁”这名字，我把它留在了伴我度过6年初高中生涯的一中校园里。那年9月，我带着期盼，走进了这座至今已历经110个春秋的漳州一中的校门，长长的校道两旁，是一左一右两排郁郁葱葱的白玉兰，它们带着纯真的热情欢迎着每一个懵懂好奇的学子。微风轻拂，陪我一直走到新华楼。报到后，我成了新华楼里初一年级的一个新生，班级的名单上赫然写着“朱小菁”，户口本上的大名却是“朱向青”。这是我心里藏着的一个小秘密，小学时因为班上同学笑我“向着江青”，妈妈拗不过我，给我取了小名叫“小菁”，可是大家还是没叫惯。

而今步入中学的我终于以“小菁”开始了我全新的生涯。小小的我，像一株未开的玉兰，该如何在校园里生长绽放？

每天清晨六点左右，天还微黑，我就被母亲叫起，吃饭，背上书包，走在离家去学校的路上。我家住在九龙江畔的厦门路，离学校差不多有3公里的路途。大约走到学校对面的钟法路与胜利路交界处。天亮了，太阳出来了，就会听到芗城人民广播站熟悉的播音：“现在是北京时间7点整。”随之是国歌激昂高亢的声音。那时的我，走在红日里，心里真有一种蓬勃的激情，甚至想跟着广播大声唱起来：“我们万众一心，冒着敌人的炮火前进，冒着敌人的炮火前进！前进！前进！进!!”可是我终究怕人笑话，没有唱出来。

进入校园，先到食堂蒸饭。食堂在学校的西侧操场边，里面排列着一个个木制的大蒸床，边上还有一个木架子，一层层搁着同学们存放在这里的饭盒，有的是圆口的带把手的搪瓷缸，有的是长方形加盖的铝制盒。我把从家里带来的米洗净，加上水，看着我的饭盒和其他几十个伙伴安稳地躺在一个蒸床里，放心地去上课。外婆说，鸡蛋有营养，让我每天带一个放在米饭里一起蒸熟了吃。可是好几次等我中午来到食堂，找着了我的饭盒，却不见了我的鸡蛋，不知被谁抠走了，饭的中间凹陷下去，留下一个小圆洞！我发誓一定要逮到这个偷蛋的“贼”！

有一天，第四节上体育课，老师把我们带到食堂边的篮球场打球，放学铃声一响，我就直奔食堂，果真逮着了！是一个高年级的男生，正要拿起我的饭盒，我大声吆喝：“那是我的！”他一下涨红了脸，僵直地立在那里，不知所措。我劈手夺过！扬长而去，任留他在三三两两围拢来的同学们的窃窃私语和嘲笑里。那时，我只觉得打了胜仗似的扬扬得意。过后，当我走在宽阔的大操场上，在一株株安静伫立的白玉兰树下，那个男生欲言又止的模样清晰地出现，我渐渐为自己毫不问因由、一点情面不留的严苛感到不安和羞愧。现在想来，即使他做错了什么，也不该这么赤裸裸地被一丝不剩地剥夺了自尊。那天，也许是我一生中做的唯一一次有意识的忏悔。

这件事最大的好处是，它让我以一种反省的态度进入了我的学习。当时我们班的班主任和英语老师都姓杨，为了区别，我们私下把她们俩分别叫作矮杨、高杨。这多少有点不敬的成分，尤其是对我们班主任，但大家偷偷地叫开了。因为个子高高的英语老师总是笑容可掬，而我们的“矮杨”班主任常常冷着脸，班上的同学大都怕她，甚至埋怨。而我经由那件事，隐隐地想，总是有原因的吧？老师也是人，也有自己的七情六欲，也会不开心，甚至哭泣，不可能要老师总是和风细雨。过后，我得知那阵子班主任家里的确有点不如意的事，其实老师对我们并非漠而视之。有一天中午，我从食堂回教室，迎面碰上她，正想躲开，杨老师却微微笑着迎上来，对我说，你家远，中午要好好休息。嗯，我小声应着，心里一阵热乎。又有一次年级测验，班上语文有了明显的进步，我也考了不错的成绩，杨老师开心地笑起来，大大地夸了我们一番。大家突然发现，原来老师的笑容是那样的好看。全班同学也跟着轻松快乐起来。刚好年级作文竞赛，我突发灵感，把我们的班主任杨老师比作一个热水瓶，我说她是外冷内热，外表看似冷漠，内心沸腾澎湃……结果我的这篇文章飞出班级，张贴在年级佳作展示栏上，那时我们已经由新华楼搬到劳动楼，佳作栏就在楼下的转角处，每天我装着不在意，一遍一遍地溜去看，心里暗暗欢喜。后来，我的文字越飞越远，到了新华楼前左右两侧学校的宣传栏。我尝到了写作和学习的乐趣，每天放学，都恋恋不

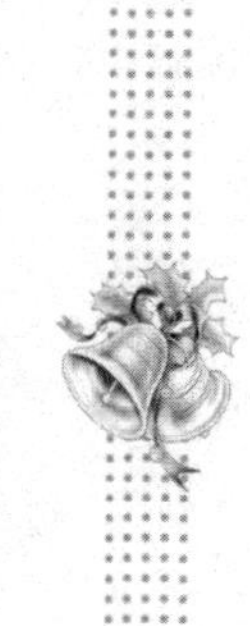

舍地走在校园里，校道两旁的玉兰树枝叶拥簇着向我轻轻致意，冬天已经来了，冬天又要过去，抬头看，枝端上那朵朵碧白色的苞蕾已有了早春的气息。

渐渐地，玉兰树不断生枝长叶，越发高大碧绿。我也升上高中，进入教我们政治的郭老师的班级。学校如火如荼地开展了课外活动，也许是受到年轻的郭老师那份朝气的感染，原本安静的我也跃跃一试，参与其中。高一那年的运动会，个子小小、毫不起眼的我站在了400米的跑道上，突破众多选手进入决赛，最终获得第三名的好成绩。众人大感意外，热烈地簇拥着我回到班级，让我尝到了一种英雄得胜凯旋的欣喜！可是不争气的我因此患上了“恐跑症”，我怕枪声响起的一刹那心要跳出来的感觉，我怕我没跑好会遭到大家冷落的那一切……运动会又到了，我拒绝报名，也不说明原因，体育委员愤愤地去找班主任告状。高二我到了文科班，班主任是教我们历史的陈老师。陈老师把我叫到教室外的走廊里，我低着头准备挨训，他却慢慢地开了口：“没关系，不跑，你就为班级写宣传稿吧。”我抬起头，陈老师眼镜后透出温和的笑意。我无法言语，多少年了，我总是记住那个走廊，那个我面对老师的微笑却不能说一句话的情景。它让我看到了自己的懦弱，促使我勇于突破。又是多年后，我在班级同学的聚会中知道陈老师身患重病，却始终以一种积极乐观的心态面对并战胜病魔。我想，我该对老师说点什么了。那年，我也早当了教师，学校也开运动会，教师进行接力赛，我终于又换上运动服，穿上跑鞋，意气风发地站在了运动员的队列……

时光荏苒，玉兰花开了又落，落了又开。我离开一中，由“小菁”成了“向青”，因为高考报名，我又恢复了我户口本上的名字，并渐渐地有了我的一片青葱的天地。心里，我却始终忘不了母校那棵小小的玉兰树，忘不了校道两旁那许许多多在料峭的春风里年年傲然开放的白玉兰，忘不了在那美丽的校园里，叫我“小菁”的亲切的声音和许许多多微笑着的脸庞……我亲爱的母校，亲爱的老师同学们，你们都好吗？春天就要到来，我惦念着的玉兰花，你开了吗？

载于《文苑》

有些时候，自己的称呼只是属于某一个时期，某一个地方，某一个人的。

花开两朵，未必天各一方

文/林　轩

友谊之光像磷火，当四周漆黑之际最为显露。

——克伦威尔

一

我是知道许丽丽的，而且我知道，她也知道我。

我们是高一的新生中风头正劲的两个女生。因为第一次的期中考试，我们俩并列排名年级第一。许丽丽在一班，我在四班，同一个楼层，中间隔了两个教室。

彼时，我们都是各自班主任的宠儿，也是同一位数学老师和英语老师的宠儿。在四班的课堂上，我时常能从他们的口中听到许丽丽的名字，而在一班，相熟的同学告诉我，也曾多次听到我的名字。可是我和许丽丽，却一直谁都不认识谁。

优秀的女孩子总是骄傲的。其实有很多次，我与许丽丽有相见的机会。比如在食堂，比如在操场。只是每每听到身边的人在耳边说“看，许丽丽”的时候，我总是高傲得别过身去。我想，她亦如此。

我们表面漠不关心，其实暗地里一直在较劲。每个月的月考，倘若她的英语是第一名，那我的数学分数一定高过她。我们相互在第一名与第二名之间徘徊，分数的相差永远不会超过5分。

可过程是，我必须牺牲掉所有的休息时间用来努力，再努力地学习。

其实，我很累，我不知道她是不是也这样。

二

黄雅婷说，许丽丽很漂亮。

我看着镜子里自己那张不算惊艳但足够清雅的脸庞，悄悄地撇了撇嘴。

可是当我第一眼看到许丽丽时，才终于明白黄雅婷所言不虚。

那是分班后的第一个下午，我抱着重重的书包从四班走到二班，而她在我刚刚坐下来的时候亦背着大大的书包走了进来。

黄雅婷悄悄地在我耳边说："那就是许丽丽。"

我从一堆杂乱的书本中抬起头，那是一个有着清瘦脸庞的姑娘，细细的眉眼仿若从红楼梦中走出来的女子，既古典又文艺。那一刻，我听到嫉妒的声音在心里响起。

她坐下来，与同桌耳语几句之后，眼神亦向我飘来。四目相对时，我知道我们棋逢对手。

上课了，班主任笑眯眯的眼神在我和她之间徘徊。仿若我们两个是上天对他的恩赐。许丽丽坐在二排中间靠南一点，我在三排中间靠北一点。中间隔着三个人，一前一后的距离。可是我们依然陌生，高傲却又暗暗地较劲。

在青春这一场盛典中，我们谁也不想输给谁。

三

其实，我和许丽丽很像。我想如果我们不是以这样的方式相遇，一定会成为很好的朋友。

黄雅婷说，我和许丽丽就像是一朵双生花，能够从对方的身上看到自己的影子。一样的从骨子里透出骄傲，不同风格却一样漂亮的脸庞，而且都很聪明。但是我知道，还是有不一样的地方，比如她虽然高傲，但性格开朗，有着极好的人缘，我却沉默内敛，从不愿意让别人走进我的心里。

从高一的遥遥相望到现在的近在咫尺，我们的距离看似在一步步地走近，实则仍旧在原地踏步。也许因为两个人都不知道该如何为我们两人的交往设置一个良好的开端，而且那份骄傲也促使我们谁也不愿意主动。

高二下半学期，市里要举办奥林匹克数学竞赛，可是分到一中的名额只有一个。

这场竞赛，是我盼望已久的。因为只要参赛就能为以后保送重点大学加分。这对于我们两个人来说，都是一个极好的机会。那段时间，我时常看到班主任看着我们俩皱眉，在各科成绩几乎不分伯仲的我和许丽丽之间纠结。

后来，我几乎将所有的课余时间都扑在了数学上，可是仍旧感觉到老师的态度在向许丽丽偏移。我如同热锅上的蚂蚁，却左右不了事态的发展。

四

一天中午，我如往常一样自传达室前走过，一个男生叫住我。我疑惑地转过身，看到一个面容清秀的男孩儿站在我的前面。“不好意思，请问，你知道许丽丽在哪个班吗？”

“是高二的许丽丽吗？”我说。

“是的，你认识她吗？”

我点点头：“我们是一个班的，你找她有事吗？”

“真的吗？那太好了，我有个东西要转交给她，能麻烦你带我去找她吗？”

我看了看他手里的包裹，再次点了点头。

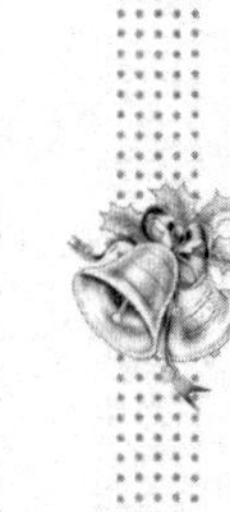

回教室的路上，我好奇地打量着这个男生，心里揣测着他和许丽丽的关系。许是禁不住我的打量，他忽然红了脸：“呃，我和许丽丽只是初中同学。”

“噢，是吗？”我应了一声，不禁觉得好笑起来。这可真是个敏感的男生，竟然还特意向我解释这个问题。可就在那一刻，电光火石间，我看着眼前的男生，心忍不住怦怦乱跳起来。然后，一个大胆的计划在心里悄悄地成形了。

那天下午第一节课，是班主任的地理课。路上，我故意走得极慢，尽量拖延着时间。直到距离上课还有十分钟的时候，才磨磨蹭蹭地将男生领到教室外的走廊处。然后走到门口大声喊了一句：“许丽丽，有人找。”

听到我的声音，正在看书的她诧异地抬起头。当看到外面等待的男生后，她慌慌张张地跑了出去。

随后的几分钟里，有好事的同学趴在窗口，看到了许丽丽与那个男生小声地讨论着什么，又看到男生在将包裹递给她之后又从兜里掏出一个粉红色的信封交给了她。而这一切，自然也没逃过习惯提前五分钟走出办公室的班主任的眼睛。

因为这件事，许丽丽早恋的传闻不胫而走。

尽管她一再解释是她的好朋友托另一位同学捎礼物给她，可她还是成了各位老师的座上客。那段时间，开朗的许丽丽像变了一个人，一下子憔悴了很多，而且成绩也略有下滑。

结果可想而知，我成了最大的受益者。

可是当班主任宣布这个消息之后，我却没有感到一点点的高兴。这个并不光彩得来的机会，使我再没有勇气直视她的眼睛。其实在看到其他同学小声地议论她的时候，愧疚与后悔已经不停地在我心里翻滚，可是我没有勇气站起来澄清这一切。

五

我走的那天，全班同学跟我告别。我以为许丽丽会伤心，可是当我走到她的面前，她却笑着真诚地祝福我。我看着她的一脸明媚，越发觉得自惭形秽。

那场竞赛，我没有让学校失望，只是当我在考场上奋笔疾书的时候，脑子里闪现的一直是许丽丽的脸庞，被误解时憔悴的神情，以及送行时那张明媚的笑脸。我知道，我不可以再继续错下去了。

回来后的第一件事，我找到了许丽丽。晚自习后的操场上，我将手中的获奖证书放到了她的手上，发自内心地对她说："对不起。"

聪明的许丽丽已不需要我再解释什么，她笑了笑："其实我一直都知道。”

“那为什么一直没有揭发我?”

她将证书放回我的手中：“因为我们是一朵双生花呀，不论是谁去，都是我们两个人的骄傲。”

我笑着拥抱她，眼角却溢满了泪水。许丽丽，谢谢你对我的宽容，保全了我青春里脆弱的尊严。

谁说花开两朵就一定要天各一方，我和许丽丽一定可以一直在一起。

载于《演讲与口才》

路过青春的沼泽，我们难免会相遇。其实有什么不好呢。互助互爱，共同进退。没有什么比友谊更可贵。

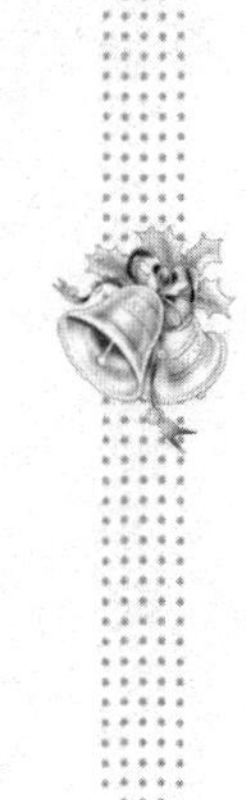

每个人都有不可复制的往事发生

文/安一朗

逝者如烟，往事无从追寻。

——席绢

一

苏庭苇刚转学来时，班上的同学就在背后嘀咕，说她一个农民工的孩子还穿得那么朋克，还有的说她长相还行，就是气质太低俗。苏庭苇我行我素，充耳不闻。她一点都没有初来乍到的陌生感，从进教室起，脸上就挂着不屑的表情。

前桌的男生很八卦。在苏庭苇来的第二天早上，他就转过身对我说："哑妹，你和那个乡下人同桌，以后有罪受了。""你才哑呢?"我白了他一眼，很反感别人叫我"哑妹"，也很反感他在背后说别人的坏话，搬弄是非。

没想到在那当会儿，苏庭苇进教室了。她不屑地撇撇嘴，然后大摇大摆越过人群如芒的目光，"叭"地一声，远远就把手里提着的书包扔到桌子上。我吓了一跳，恼怒地抬起头想嚷两句时，却迎来她目不转睛的对视，我顿时哑了。她的气势如虹，完全把我镇住了，同时也把其他同学镇住了。

她无所谓地走过来，拍拍我的肩："借过。"然后没等我起身，硬是挤进她靠墙的位置。我呆若木鸡，思维有片刻的停滞。这女生真奇怪，比男生还大大咧咧。她穿牛仔服，板鞋，头发却是精心地扎成很多小辫。

我捧着语文书，目光却偷偷在打量她，心里有些忐忑。这女生不会很难相处吧？我知道自己比较懦弱，遇事总是一忍再忍，但我知道很多时候忍根本解决不了问题，就像初中时的同桌岳长征，他一直纠缠我，给我递纸条，发短信，跟踪我回家，我再三求他不要打扰，他却威胁我。我想过要告诉老师，但又害怕他被处分。毕竟是同桌，我不想把关系搞得太僵，可后来对他稍好一些时，他却开始造谣，说我在追他，甚至还把他用手机偷拍我的照片 PS 后贴在了学校的宣传栏里，事情闹得沸沸扬扬，我百口莫辩，成了学校最大的笑话，成绩也一落千丈……

“看什么看？眼睛都呆了。”在我陷入回忆时，苏庭苇突然瞪着我问。

我急急收回目光，盯着书，却一个字也没有看进去。

二

在这所普通高中里，我很孤单。我感觉自己和身边的同学总是格格不入，可能是因为经历了初中时的事情吧，我害怕与人多说话，更反感主动搭话的男生，真有种“一朝被蛇咬，十年怕井绳”的阴影。

班上的同学很活跃，他们整天呼朋唤友，追逐打闹，一群人聚在一起叽叽喳喳。我一点都不羡慕别人的热闹，沉浸在书山题海中独自快乐。身边没有了讨厌的岳长征，我感觉整个人都重新“活”过来了。只是这里的学风很

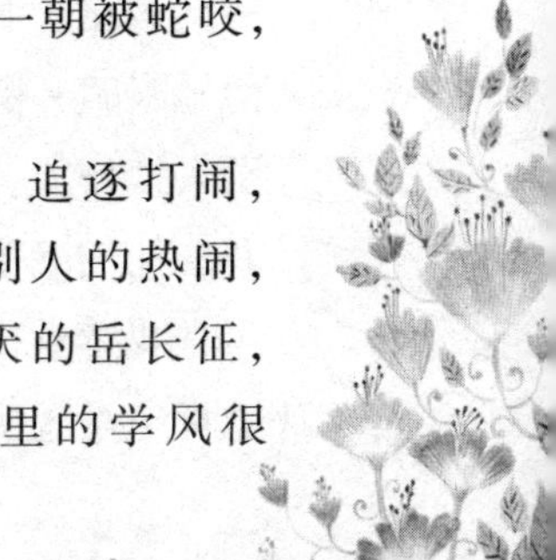

差，大家都是重点高中选剩的，学习上没什么竞争对手。只是，我努力学，却被其他同学认为“假正经”，他们常在背后嘲笑我。

苏庭苇的到来，又让我惊恐不已。看她不屑的样子，我感觉她一定不好相处。每一天我都小心翼翼如履薄冰，怕不小心招惹了她。还好，几天过去，苏庭苇虽然还是一副不屑的表情，但她没打扰我，也没有找我麻烦。

我还发现苏庭苇和班上的其他同学不一样，她上课很认真。虽然她总是我行我素，走路时头扬得高高的，从不主动与人说话，但一上课，她的整个神情就变了。她的思维很敏捷，老师一提问，她就举手了，而且每次都回答正确。有一次，数学老师出了一道奥数题，我还完全没有思路时，她却又举手了，而且解题思路很新颖。我打心里佩服她，却没有勇气主动与她示好。虽然是同桌，但我们很陌生，一直没正经交谈过。

苏庭苇到来后的第一次各科小测，我们俩的总成绩居然一样，并列第一名。有同学嘀咕，说我们互相抄袭。我很委屈，明摆着的事情，他们也要瞎说。我知道这次考试，如果我不是英语满分的话，我肯定考不过她。除了英语，她其他科目的分数都比我高。

遇见一个强悍的对手，激起了我的好胜心，我决定好好与她较量一番。班主任像是捡了一个宝，对她赞不绝口，当然也一起表扬了我。那些平时爱抄作业的同学开始与她拉近关系，但她眼睛一瞟，转身走人，根本不搭理别人的热情。我也反感别人抄作业，早把班上的同学得罪了，只是我成绩好，为人低调，他们除了叫我“哑妹”外，倒也没有为难我。

我感觉得到对于和苏庭苇并列第一这件事，她是吃惊的，她肯定没想到，平时闷声不响的我居然会是她最强劲的对手。

和她在课堂上积极回答问题形成鲜明对比的是，我从来不主动举手。我读懂了她眼神中流露出来的信息，在她邀我放学一起回家时，我接受了。

我们的友谊建立在互相欣赏的基础上。她说我和其他城里人不同，说她反感聒噪的人，喜欢我安静的样子。我没想到她会这样说，脸微微烫了起来，她的真诚我能感知。我也很喜欢她那副无所谓的心态，喜欢和讨厌都表现得那么坦然。

三

和苏庭苇熟悉后，我感觉到她并不是表面上看起来的那样，她其实是个有些忧伤的女生，只是这一切都被她的伪装掩盖了，她不想让别人看见她的脆弱。

和所有女生一样，苏庭苇也爱美，但家里经济拮据，她不可能去买那些漂亮的公主裙，唯有牛仔服耐穿，而且好搭配。她一直跟着在城里打工的父母东奔西走，去过几个城市，转过五次学，身边从来没有什么要好的朋友，以前的同学根本没联系，她总是转学，熟悉一群人后又要离开，然后再融入。小时候，因为是外来农民工的孩子，她常被城里的同学欺负，后来长大了，她学会了用漠然和排斥的方式面对身边的城里人，以为这样就可以保护自己。

她对城里的学生有一种天然的抗拒。我知道这和她一路走来在城里遭到的白眼和冷漠有关。只是我没想到，她居然接受了我这个城里的孩子。

“我听过班上的同学讲你以前的事，知道你是个善良的

人。同桌一段时间，我也感觉得到你和其他城里学生不一样……”苏庭苇平静地说。

听她说到我以前的经历，我沉默了，脸却涨得绯红。

“不能太软弱。只有让自己变得强大起来，才可能得到尊重。”苏庭苇继续说。

她一直很努力学习，成绩很好，但每一次转学，父母都要费尽周折，到处求人。如果可以安定下来，她父母也不愿意她这样一次次转学，但做建筑工人，哪儿有工程就得跟着工程队一起走。苏庭苇说，乡下人没什么本钱，想单枪匹马在城市里打拼太难了，可能连个工作都找不到。她的父母没什么文化，除了建筑工，别的也干不了。看着父母每天那么辛苦，却挣不到什么钱，她就在心里告诉自己，一定要好好学习，只有考上大学，才会出人头地，才能分担父母的艰辛……

苏庭苇还告诉我，她的父亲年轻时特别喜欢唱《冬季到台北来看雨》的孟庭苇，20 年过去了，父亲满脸沧桑，孟庭苇却依旧不老。因为父亲喜欢孟庭苇，所以她出生后，就给她起名“庭苇”。苏庭苇学会了所有孟庭苇的歌，在父亲忙了一天回来时，她会轻声为他唱上一首，她知道那一刻，父亲是开心的，很满足。

“每个人都有不可复制的往事，你是，我是，父母也是，我们都将背负着自己的梦想努力前行……”苏庭苇讲到后面时，声音渐渐哽咽。

我明白苏庭苇的忧伤，就像当初我被众人嘲笑时，那种彻骨的心痛。

我们约定好，做最强劲的对手，亦是最好的朋友。我相信一定可以的，因为我们都有一段不可复制的往事，我们需要真正的友谊，我们懂得珍惜，我们有相同的梦想。

最重要的是，我们读懂了彼此间的真诚，并惺惺相惜。

载于《少年月刊·初》

往事随风，那些曾经不愉快的东西，就让它搁浅在我们的记忆深处吧，珍惜美好的友谊才是最重要的。

第四辑

那时我们都那么年轻

那是我记忆里最深刻的一次平安夜，挥之不去。年轻的我，可以为了送一个苹果而偷偷地蹲在水果店的门外，却不敢轻易进去。那时的我在成长的角落里哭了整整两个小时，成长就是一件重的礼物、痛的领悟。

我们是姐妹

文/阿　杜

家庭应该是爱、欢乐和笑的殿堂。

——木树久一

一

杜菲的征文获特等奖的消息风一样在校园里传播时，我的心仿佛被针狠狠地扎了一下。

我颓然坐在靠窗的位置，想充耳不闻，但前来道喜的同学还是一波又一波地围过来，那些恭维话，想不听都不行。

“杜婷，你姐得特等奖，你怎么满脸不高兴呀？其实你也不错，三等奖，至少比我们都强，你们姐妹都超级厉害。”后桌的杨威说。平日里，我们关系不错，但那天我像是吃了火药般爆发了：“谁告诉你她是我姐？谁说的？我高不高兴跟你有关系吗？”

杨威脸上红一阵白一阵，尴尬得不知所措。一时间里，大家都愣住了，没有人再说话。

杜菲的脸色苍白，我心里更是厌恶：装什么受伤呢？真正受伤害的人是我。

杜菲看了我一眼，欲言又止，似乎是下了很大的勇气，她

开口说："婷婷，你怎么了？"我怎么了？她还问得出口？于是我愤愤地说："特等奖了不起，要不要用高音喇叭宣传，让全世界的人都知道呀？"听了我的话，杜菲涨红脸，低下头，再没说出一句话。

郁闷死了，她为什么要出现在我的生活中？她的到来，改变了一切。在学校里，她抢走了我所有的风光，成绩比我好，长得比我漂亮，就连人缘也比我好；在家里，老爸大事小事都想着她，动不动就要我向她学习，就连向来都讨厌她的妈妈也开始帮着她说话。

我烦她，我不知道要如何才可以超越她，找回那已经倾斜的重心。

二

杜菲是大伯的女儿，我的堂姐，比我大一个月，她一直生活在父亲的老家。

我在父亲的强制下回去过几趟，但我不喜欢那里。每次回去，没住上两天，我就吵着要回省城。省城多好呀，哪是那个破烂小村可比的？

回老家时，堂姐总爱跟着我，她想亲近我又很害羞。我知道她羡慕我，也知道她对我的友善，但我不喜欢她。

在她面前，我从来都高高在上。我淘汰的衣服，妈妈转送给她，看她一脸开心的样子，我就鄙视她，觉得她特虚荣，穿我穿旧的公主裙就以为自己是公主了，走起路来，还一蹦三跳的，十足的乡巴佬。

老妈也不喜欢那里，泥泞的路，陌生的人，手机信号也不好，如果不是老爸强制，她肯定也不愿意回去。特别是我出生时，爷爷、奶奶因为在家照顾早我一个月出生的杜菲和大伯母——大伯母是孤儿，由爷爷奶奶收养带大，再加上他们会晕车——所以没到省城来照顾我和我妈，只让大伯带了很多东西过来。

虽然爷爷奶奶一再抱歉，一再在其他方面做努力，但我妈还是生气了。说他们当长辈的太偏心，对他们很有意见，连带着也不喜欢杜菲。

如果我们一直这样远远地各自生活，我可能还是会不喜欢杜菲，但绝不会像现在这样把她视为“眼中钉”。她的优秀我早听老爸说过，可那跟我有什么关系呢？我也有我的骄傲。

可是一场意外的车祸改变了这一切。那场车祸中，爷爷奶奶、大伯伯母全都一起丧生，杜菲成了孤儿，我爸把她从老家接来省城。

三

杜菲刚来时，我很同情她的遭遇，对她还算客气。

在她面前，我会不自觉地流露出一副同情的面孔，摆出我的慈悲心怀，同时也在炫耀自己的富足和见识。我让老爸帮她转学到我们学校，和我一个班，还安排成同桌。

老妈没得选择，杜菲来的第一天晚上，她就把我淘汰的衣服全都整理出来给她，还说以后会帮她买新的。杜菲平静地接受我们的安排，没有拒绝。

放在过去，老妈一定会说她没礼貌，但那次老妈什么都没计较，她可怜杜菲经历了那么惨痛的创伤。老妈还向老爸承诺，会把杜菲当成亲生女儿一样对待。老爸很激动，杜菲却依旧没有什么表情，连声“谢谢”都没有。

杜菲从不主动说话，我们问一句，她应一句，连走路也是低着头。她的局促不安我们都感觉到了，但想想她刚从乡下来，一时间可能还不适应省城的生活，也就没放在心上。

老爸是把杜菲当成女儿看待的，他对她比对我还要好。以前老爸很少在家吃饭，杜菲来后，他谢绝了一切饭局，对于这一点，老妈虽有醋意，但还是乐于接受。我最不满意老爸的一点就是，他对我说话，从来只有命令，对杜菲说话时，却都是商量和征求。但想到杜菲的遭遇，我也就理解了老爸，一起同情她。

四

杜菲很能干，她来家后，每天都会帮我妈干活，洗衣、拖地、洗碗，后来连炒菜也是她掌勺。老妈刚开始过意不去，每次都会叫她不要干了，但杜菲很坚持，后来老妈也就习惯成自然。

只是她的勤劳却让从没干过家务的我显得特别突兀，我心里很不是滋味。没有她的对比，我在父母眼中从来都是优秀的，做家务那根本不需要我沾手的事，现在也成了我的缺点。

杜菲和我一样高，堂姐妹的缘故吧，长相也有几分像。她虽然穿我的旧衣服，但班上的同学都说我们像双胞胎，很漂亮。刚开始，我热心帮助她。我想，她成绩再好那也是在乡下，要赢过我根本不可能。

但她太让我意外了，第一次考试，她就以和我一样高的总分并列全年级第一名。班主任像拣了个宝，对她赞不绝口，虽然也表扬了我几句。但她是从乡下来的，凭什么一时间里就抢走属于我的风头？我心里开始憋屈，对她的好也渐渐淡了。

杜菲不明白我的转变，依旧整天跟在我身边，那是我刚开始时要她这样做的，说是有个伴在身边就不孤单了。可是后来，我越发感觉到，她在我身边，我却成了她的衬托。大家都说她长得比我漂亮，性格也更好，反倒我原来并不显眼的缺点日渐放大了。

我开始想要躲避她，她却影子一样跟着我。我痛恨这样煎熬的日子，在别人面前，我还得装出一副关爱她的样子，我不想被人说成冷漠无情。

我暗自努力想赢过她，但她却越来越好，适应了省城中学的教学方式后，有几次考试她的总分都超过了我。我竭尽全力了，人很疲倦，心很累，每一方面我都输给了她。

五

我的作文向来都是语文老师选读的范文，我还在许多的校园刊物上发表过文章，班上的同学都说我“才貌双全”，叫我“美少女作家”。

征文比赛成了导火索，我再也无法忍受杜菲居然得了特等奖，而我只是三等奖，这样讽刺的结果让我无地自容。在大家围过来向她道喜时，我已经快要爆炸了，后桌杨威撞在了枪口上，我一下子就把所有郁积已久的愤怒爆发出来。

我嫉妒她，怨恨她，凭什么她遭遇了不幸却要搭上我的幸福和快乐。她没有出现在我的生活里以前，我过得那么开心，我高高在上，我独享父母的宠爱，备受大家的爱戴和羡慕。可她来了之后，这一切都改变了。

我歇斯底里不管不顾，只想宣泄。半年了，我一直在忍，也一直在努力，但我处处都输给她，输给一个我曾看不上眼，

甚至是同情我的对象。

放学后，我跑出校门，甩开了影子一样跟着我的杜菲。

徘徊在公园幽深的小径上，直到暮色四合，我还是理不顺自己的思绪，不想回家。坐在山坡凉亭里，望着游人渐少的偌大公园，心里阵阵恐慌。

手机铃声又一次响起，之前杜菲打来的我都挂断了。看是爸爸打的，我不得不接起来，爸爸没骂我，他说他马上过来。

爸爸的语气难得的温柔，或许他也想到了我正处在矛盾和难受当中吧。

六

爸爸陪我坐在凉亭里，他眼神倦倦地望着苍茫的夜色，第一次向我说起了他和大伯、大伯母之间的故事。

大伯大爸爸三岁，爸爸说，如果当年不是大伯主动让出机会，回到家里帮忙干活、挣钱，他又怎么可能继续读书呢？大伯母比爸爸小两岁，她虽是爷爷奶奶收养的孩子，但他们仨从小一起长大，感情好得很……“他们俩个早早辍学，帮助你爷爷奶奶撑起了一个家，并且供我上学。那些年月里，如果没有他们，我又怎么走得出大山……”爸爸说。

那天爸爸说了很多我曾经并不知道的往事，听得我泪盈满眶。

“一夜间，我的父母兄妹就与我阴阳相隔了，这个事实，我怎么都接受不了，翻看那些泛黄的旧照片时恍然如梦。婷婷，你能明白我的心痛吗？我知道菲菲来家里后你的变化，你的努力我也看在眼里，但你把输赢看得太重了。你大伯原来的成绩就比我好，他辍学回家，只因为他觉得自己是兄长。想想菲菲的经历，想想这世间的事，不都是一场梦吗？唯有爱和亲情才是最重要的……”爸爸说到这儿，却早已泪流满面了。

我心里波澜起伏。爸爸说，世事无常，谁知道生命会何时结束？但活着时，就要好好爱身边的人，特别是我们的亲人，谁知道能同行多久呢？

我为自己狭隘的嫉妒心汗颜，郁结已久的怨气豁然飘散。在爸爸的开导下，我决定重新审视自己，也重新接纳那个和我长得很像的姐姐杜菲。

我们是姐妹——这是我们一生的缘分。

载于《意林·少年版》

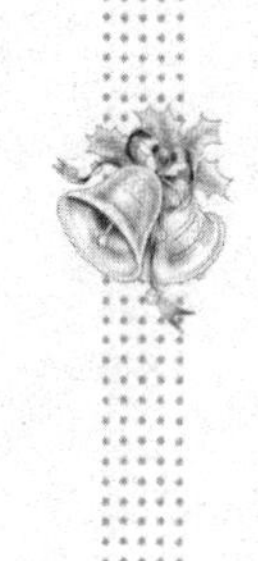

正所谓姐妹情深，谁高谁低又有什么关系呢？重要的是，彼此视对方为亲人，彼此温暖一辈子。一直爱着，难道不好吗？

爱，一直围绕在我身边

文/龙岩阿泰

爱是不会老的，它留着的是永恒的火焰与不灭的光辉。世界的存在，就以它为养料。

——左拉

一

周小琪和她妈妈走进我家那年，我八岁，刚上小学一年级。

一天，我放学回家，刚走到胡同里就听邻居说，爸爸给我找了个新妈妈。

在他们戏谑的表情中，我的心被深深地刺痛了。我亲眼目睹过街道口那个比我大三岁的男孩，他的后妈抡着大木棍打他的情形。她追着他满街跑，边跑边骂。街坊邻居都说，这后妈没有不狠心的。

我忐忑不安地回到家，看见一个四五岁左右头扎羊角辫的小女孩，蹦蹦跳跳地哼着儿歌。夕阳中，她宛若一只舞动的花蝴蝶。

爸爸见我回来了，便喊我："小宇，快进来，你周姨和小琪妹妹来了。"

我低着头，怯怯地走过去。那个叫周姨的陌生女人用粗大的手摸了摸我的头发，笑着说："这小子挺帅气的。"

小女孩一直盯着我看，她欣喜地过来拉住我的手，说："小宇哥哥，我叫周小琪。"

我瞥了她们一眼，什么话也没说，冷着脸径直跑回自己的房间，还"砰"的一声把门关上了。

我心里的忧伤如水草般滋长、蔓延，妈妈离开不到一年，爸爸就另寻新欢了。

我清楚地记得，妈妈临走前，爸爸一直拉着她的手说了很多动情的话，还流着泪说，他会亲手把我拉扯大，不会让我受半点儿委屈。可是，这么快爸爸就把自己的誓言遗忘干净了。

二

从她们来后，我在家里就变得沉默寡言，我用无声的抗议来表示自己对她们的不满。

周姨待我还不错，每天早上，她都会为我煎上一个荷包蛋；下雨天，她会到学校给我送伞。爸爸多次提醒我，要叫周姨为妈妈，我低着头不说话。

只是有一次，我心烦时，随口顶撞爸爸说："我妈早死了。"

"啪"的一声脆响，爸爸打了我一记耳光。他气得脸色铁青，一直啰嗦着说不出话。

我捂着红肿的脸，倔强地不肯哭出声，倒是站在旁边的周姨哭了起来，她踉跄地跑进房间。

从那以后，很长时间里，我和周姨都没有说话。

因为讨厌周姨，我也开始讨厌周小琪，我总会趁周姨和爸

爸不在家时欺负她。她什么都听我的，就连我把她的零食骗走了，她还是乐呵呵地一口一个“小宇哥哥”，叫得我既心酸又难过。

只是有一件事，多年后我一直没有忘记，我想我对周小琪的态度也是从那时开始转变的。

那年春节时，爸爸把压岁钱交给她自己保管。她视压岁钱如珍宝，成天藏在贴身衣服里。但那时，我迷上了看书，很快就把自己的钱花光了，于是开始打她的压岁钱的主意。当我费尽心思把她的压岁钱偷走并买了几本书后，她才发现自己的压岁钱不翼而飞。她把自己的衣服翻了一遍，也没有找到，一整天哭丧着脸。

那几本用从她那偷来的钱买的书，我看完后藏在柜子的最底层，直到小学毕业时我才把那些书送给她，其实是“物归原主”。

三

我上初中时，周小琪已经上小学四年级了。我们很少在一起，但我感觉得出来，她一直努力想接近我，但我不知道该以什么方式接受她。

爸爸在建筑工地当泥水工，成天忙碌。周姨为了补贴家用，磨米浆炸油炸糕卖。她的摊子摆在距我们学校门前不远处的一个巷子口，每天，我都要从那里经过。

我从来都是低着头匆匆地从她的摊子前跑过去，我害怕她会突然叫住我，那样会让我难堪的。我不想被同学知道我有一个后妈，还是卖油炸糕的。

或许周姨知道我的心思，她从来都不会叫住我。周小琪每天一放学就到摊子前帮忙，她总是很欢快地招呼客人，手脚勤快，忙着收钱、打包。可能周姨对她有过交代，她看见我，也装作没看见。有几次，我明明看见她挥着手似乎是想叫住我的，但嚅动着嘴却始终没有叫出口。

她一直叫我“哥哥”，我却从来没有过哥哥的样子。

那年爸爸从工地的脚手架上摔下来住院时，我却因为要参加中考很少有时间到医院陪爸爸。周小琪每天一放学就到医院去照顾爸爸，其实那时，她也要参加小学升初中的考试。

爸爸摔伤后，半身不遂。医生说，情况好的话，至少也要休养半年才有可能站立起来，但再也不能干重活了。

为了补贴家用，周小琪竟然在暑假里背起冰棍箱上街卖冰棍。

“你不觉得丢人?”我问她。

她没吭声，低着头，连耳根都红了。但她还是背着冰棍箱上街去了，沿街吆喝着。

夏天炙热的太阳像个大火球，待在屋子里都觉得热，我想，在太阳下奔波的她一定更热。但她连一根冰棍都舍不得吃，渴了就喝自己随身带的凉开水。我曾远远地跟在她的后面，我怕别人欺负她，但我却没有勇气跑过去接过她肩上的冰棍箱。

整个夏天，周小琪早出晚归，每天忙忙碌碌。她一条街一条街地跑，每天都能卖掉好几箱的冰棍。有时就连晚上，她也不停歇，依旧一吃过饭就背起冰棍箱出去。她说天气热，街上散步的人多，买冰棍的人也多。看着她被太阳晒得暗红而脱皮的手臂，我垂下头，不敢对视她的眼睛。

那个暑假，她挣到了她生命中的第一份收入：238.6 元。

四

上高中后，爸爸已经可以自己走路了，但他再也不能干重活了，只能在家帮忙煮煮饭，然后长时间地坐在梧桐树下发呆。

我借口学习忙要求住校，一个星期只回家一次——为了拿生活费。

我依旧不大和周姨说话，但每次，她都会在我准备出门时把钱给我。

周小琪在我原来的初中上学，她和以前一样，一放学就到周姨的摊子上帮忙。

有一次，去同学家经过她们的摊子时，我远远地躲在街角观望，然后趁很多人围着摊子买东西时，猫着腰藏在人群里匆匆闪过。

可是，我却没有力气再前行，整个人虚脱似的迈不开步，耳畔一直回响着周小琪清脆的叫卖声："又香又脆的油炸糕！5 毛一个。"

那声音仿佛有一种魔力把我牵引住，我转回头，久久地望着她们母女俩，心里很不是滋味。我看见周小琪穿在身上的衣服，那是我穿旧的校服。她微笑着站在摊子前，动作利索地收钱、打包。阳光下，她的笑容那么灿烂，像一朵盛开的山花。

我刚转身，准备离开，却听到周小琪尖利的叫声："啊，疼！"

我的心"咯噔"一声，连忙惊慌失措地跑过去。

周小琪蹲在地上，眼中噙满了泪水。我看到她的手臂上有一长道红红的印子，接着就起了一排的水泡泡。我想那些水泡泡一定很疼的，要不，那么坚强的周小琪怎么会哭呢。

我急忙背起她跑向街角的卫生所，医生帮她处理好，涂了一些药膏。

我看着她那红肿的手臂，惭愧地问："小琪，疼吗？"

她笑着说："有哥哥在，就不疼了！"

我看到她眼中溢出晶莹的东西，我知道，她流泪不是因为疼而是因为高兴。这是她和妈妈进我们家后，我们第一次如此亲近。

我的鼻子也酸酸的。

我突然意识到，爸爸不能干活后，我所花的钱都是她和妈妈一点点辛苦挣来的。她们夏顶烈日，冬吹寒风，几年来，为了撑起这个家，一直在默默地付出。

街上车来车往，一阵风吹来，扬起了灰尘，蒙住了我的眼睛。我止不住地流泪，心里有种无言的感伤，说不清，道不明，仿佛有什么东西一直在纠缠着我的心。

五

第二天，我从学校搬回家里住。

任凭周姨怎么劝，我非要坚持和周小琪一人一天到摊子上帮忙。

周姨拗不过我，最后不得不答应，但她要我保证一定不能耽误学习。她语重心长地说："小琪是女孩子，能读到哪儿算哪儿；你是男孩子，一定要读大学的。将来咱们这个家就指望你了！"

那一瞬间，鼻子又变得酸酸的，我偷偷背过了身。

此后，我和周姨的关系一天比一天好。我终于不再喊她周

姨，而像周小琪一样喊她妈妈。

周小琪看见我和妈妈有说有笑后，还曾躲在厨房里偷偷抹眼泪。

或许，她等这一天已经很久了吧。

周小琪的成绩很好，虽然整天帮着家里干这干那的，但她一点儿也不耽误学习。

她笑着对我说："哥，我要像你一样考上一中，这样爸爸妈妈就会很开心了。"

她还告诉我，在我住校的那段日子，她特别想念我。她做梦都想和我能像亲兄妹一样亲密无间，还梦到我亲切地拉着她的手喊她妹妹……

望着渐渐长大的妹妹，我很惭愧。

我知道，她一直把我当作亲哥哥看待。只是我，因为年少的自尊，因为懵懂无知，一直排斥她、伤害她。

我对她说："小琪妹妹，哥哥以前对不住你和妈妈。以后，哥哥不会再这样了，我会好好保护你的……"

我的话还没有说完，她的泪就已经大滴大滴地滚落。她哽咽着说："哥，你终于喊我'小琪妹妹'了？我好高兴哦！哥，我从来没有怪过你，我们早就是一家人了，要相亲相爱……"说着她激动地哭出了声。

我上前紧紧地抱住因哭泣而颤抖的小琪，感动地说："傻丫头，高兴要笑才对呀，不哭了哦！"眼角却一片潮湿。

原来，爱一直围绕在我身边，只是我没有用心去体会。

载于《情感读本·道德篇》

人们经常会犯这样可悲的错误：老觉得自己缺爱，或者是没有爱。其实如果你足够留心，你会发现那些停留在你身边的人都不是无缘无故留下来的。只有一个原因——那就是为了爱你。

我不是“输”的代名词

文/冠 豸

只有一条路不能选择——那就是放弃的路；只有一条路不能拒绝——那就是成长的路。

李素 = “李输”

李素已经上五年级了，可是班上的同学开口叫他“李输”，闭口叫他“输生”，听在旁人耳中，还以为是尊称“李叔”“书生”，可是李素知道，他的同学哪会尊重他呀！

当然了，这也不能怪李素的同学，如果一定要怪，也只能怪李素自己，同样在学校，在一个班级上课，别人考试都有八九十分，特别是几个女生还经常考满分，谁让李素总考个三四十分的成绩来垫底呢？考分低并不仅仅是李素一个人的事，他的分数往往拉低了班级的平均分，之前，就因为他，班上没有拿到过学习上的流动红旗。班上的同学哪个不恼怒他呢？

几任接手的老师暗自叹气，虽然一次次找李素交流，一次次提出要帮他补课，但李素嘴巴上说好，却没有实际行动，家长也不尽心尽力配合，老师没辙了。班上有同学提出要结对子，几个人一起帮助李素，但李素嘲笑他们是“吃饱了撑的”，把同学们高涨的热情打击得无影无踪，气得再也不想搭理他，纷纷指责李素不知好歹。

李素就像那浸水的牛皮，任班上的同学怎么说他，甚至集体孤立他，依旧我行我素。久了，大家也就习惯了李素的所作所为，甚至当他不存在。几个爱闹的男生调侃李素是“李输”，说他拖班级后腿，有他在，班级的集体比赛尽是“输”，李素满不在乎地说：“输就输嘛，不就一场无聊的比赛，有什么呢？”

既然李素这种态度，大家也就纷纷叫他“李输”“输生”了。这一叫，已经有一年了。

天上掉下个“林妹妹”

林洁如转学来时，在班上掀起了一股浪潮，众女生纷纷效仿她的穿衣打扮，就连发型也弄得和她差不多。而男生奔走相告，集体合唱：“天上掉下个‘林妹妹’！”

林洁如长得特别可爱，大眼睛，长睫毛，就像个“芭比娃娃”，而且她是从上海转学过来的，更是让大家好奇。每天下课，总有一群同学围着她问东问西。

林洁如性格好，她总是笑脸盈盈地有问必答，遇见她不知道的事情，她也会实诚地说：“我也不知道哟！没去过。”林洁如的诚实更是赢得了大家的好感，她虽然从大城市转学来，但一点架子都没有。

在一群热闹的同学中，林洁如过得很快乐，而且性格开朗的她很快就融入了班集体。李素从来没有主动和林洁如说过话，但他也和其他男生一样，对漂亮可爱的林洁如充满了好奇，不知怎么的，一向对任何事情都抱着“无所谓”态度的

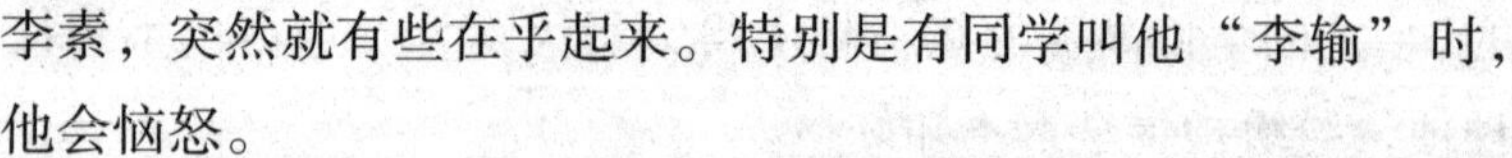

李素，突然就有些在乎起来。特别是有同学叫他“李输”时，他会恼怒。

林洁如来了一段时间后，也发现了在众人中格格不入的李素。她有点儿想不明白，这个年纪相仿的男生，他是怎么了？看他表现出玩世不恭的样子，而眼底却藏着浓浓的忧伤，虽然他极力在掩饰，但在有意无意中还是悄然流露出来。

路遇“林妹妹”

一天放学后，林洁如去了琴行练琴，待她出来时，天色已暗，夜幕降临，一盏盏路灯犹如一朵朵绽放在暗夜中的白莲花。在路灯的清辉下，她看见一个熟悉的身影，于是好奇地加快脚步赶了上去。

“李素！等等我，我是林洁如。”

在路灯下玩耍的男孩儿正是李素，他刚才已经回了家，但还没进门就听到父母正在激烈地吵架，当他推门想进去时，又听到“噼里啪啦”摔东西的声音，于是胆战心惊地退了出来，跑到街上玩。他不想回家，那是一个让他深感不安的地方。

听到有人叫唤，李素回过头，原来是新转学来的“林妹妹”，于是难为情地低头不语。

“李素，我是林洁如，我是你的新同学，认得我吗？”林洁如真诚地说。

“嗯！”李素点点头。

“你怎么这么晚了还在街上呀？”林洁如好奇地问。

她不说还好，一提到这事，李素就浑身不自在，但他不想被“林妹妹”看出来，于是又装作满不在乎的样子说：“我喜欢在街上玩，有趣呀！”

第一次和林洁如说话，李素既紧张又开心，他一直偷偷打量走在身边的林洁如，暗想：真是天上掉下个“林妹妹”，好可爱的女生！

有林洁如陪着说话，李素黯然的情绪又活跃起来。

在岔路口分开时，林洁如关切地说：“早点回家哟，父母会等急的。”

看着林洁如离开的背影，李素的眼眶莫名濡湿，他的父母就算他不回家也不会着急的，他们已经争吵了两年。两年，七百多个日日夜夜，犹如一场冗长的噩梦。

“李素，大家为什么叫你‘李输’呢？”林洁如的问话一直回响在耳畔，李素自言自语：“是呀，我为什么是‘李输’呢？我怎么就什么都不在乎呢？我在乎什么？”一想到在家里吵到鸡飞狗跳的父母，李素的心又沉甸甸了。

你不是“输”的代名词

有了一次偶遇，林洁如对李素突然就关心起来。这个心地善良的女孩知道，这个小小的看似什么都不在乎的男生，其实他很在乎，他一定是遇到了什么事情才这样自暴自弃。

班上的同学看林洁如主动找李素说话，于是把她拉到角落，悄悄把李素过往的行为添油加醋地述说了一遍。

“你们了解过原因吗？他为什么会这样？”林洁如问。

一句话问得大家面面相觑，哑口无言。谁也不曾了解过原因就集体把格格不入的李素排除在外了。

“我们一起帮助他吧，真心实意地帮助，我想没有人会喜欢‘输’的，对不对？”

林洁如的号召得到了大家一致响应。

林洁如放学后又偶然“巧遇”了李素几次，他们一路谈笑风生。李素紧闭的心扉在林洁如的善意下悄然无声地打开。有一次，他主动向林洁如道出了心里话。

“他们一直在吵，还摔东西，在家里我很害怕，但又不知如何是好……”

看着忧伤的李素，林洁如感同身受，她说：“知道我为什么从上海转学回来吗？其实我面临过你现在面临的情况……无论如何，都不要互相伤害。我们不能因为父母的原因而自毁前途，对不对？你不是‘输’的代名词。”

听着林洁如的话，李素呆住了，他没有想到，人人羡慕的“林妹妹”居然也有这样的伤心事，但更让他佩服的是，林洁如把一切都埋在心底，勇敢而快乐地生活。

用秘密交换秘密，李素和林洁如成了好朋友。李素也开始思考关于“输”的事，回想过往的种种，他的脸红了起来。

李素变了

李素变了。

这是全班同学有目共睹的事情，大家知道这是“林妹妹”的功劳，但谁也不知道林洁如到底做了什么，她居然让一个自甘堕落的“李输”变得像是换了一个人。

李素脑子不笨，他以前只是没有目标，对父母天天吵架的家里充满恐惧，对学习的事根本不在意，当林洁如告诉他，她曾经历的事情后，他想了很多。他知道父母始终是爱他的，他也知道自己的人生道路终究是由自己去走，没有人可以代替，未来怎么样，就看自己努力不努力……目标明晰，学习起来就有了动力。李素希望自己能够和林洁如一样，做个快乐的积极向上的孩子。

努力过后总有收获，在李素期末考试取得巨大进步老师表扬他时，李素红着脸，自信地说："我不是'输'的代名词，这是林洁如告诉我的，我自己觉得这句话很对。"

是呀，哪个成长中的孩子会承认自己是"输"的代名词呢？

载于《疯狂阅读》

孩子的心灵是一扇小窗，打开这扇小窗看看里面的世界，内心总会波澜起伏。每个成长中的孩子都不想成为"输"的那一个。

跑完全没有标准的姿势

文/李良旭

你们的理想与热情，是你航行的灵魂的舵和帆。

——罗曼·罗兰

那时，也就是七八岁吧，那是一个吸一口空气都会觉得甜滋滋的年纪。彼得由父亲巴菲特带着站在马路边，观看一年一度的波士顿国际马拉松比赛。参加马拉松比赛的选手有很多，不仅有世界上许多著名的马拉松选手，也有来自美国各地许多的马拉松爱好者，场面蔚为壮观。

彼得惊讶地发现，参加马拉松比赛的人，不仅有许多穿着运动服的人，还有许多人穿着奇异服饰，他们有的打扮成圣诞老人、白雪公主、超人、蜘蛛侠……更有趣的，还有的人倒着跑、侧着跑、几个人绑着腿一起跑……各种姿势都有，他们夸张、幽默的跑步姿势，引起沿途观众阵阵惊叫和热烈的掌声。

彼得抬起头，疑惑地问父亲巴菲特："爸爸，那些人跑马拉松怎么什么姿势都有，这样跑马拉松算吗？"

巴菲特爱怜地抚摸着彼得的头，和蔼地说道："孩子，跑完全没有标准的姿势，只要能跑到终点就算成绩！同时，许多人参加马拉松比赛，更多的是在享受人生的一种快乐。"

彼得听了，若有所思地点了点头，忽然，他跑出观看的人群，也跟随着马拉松队伍连蹦带跳地跑了起来，他边跑还边兴高采烈地高声喊道："爸爸，我也会跑马拉松啦！"

巴菲特微笑着频频点头，还用力鼓起掌来……

童年时，观看马拉松比赛，给彼得留下了深刻的印象。从此，观看马拉松比赛，成为他最大的爱好。在观看中，他最喜欢看那些各种跑步姿势的人。那些人的跑步姿势，增加了马拉松比赛的观赏性和趣味性，给人们带来了诙谐、幽默的气氛，也缓解了紧张、激烈的比赛氛围。

常有人对"股神"巴菲特说，你儿子彼得很聪明，让他跟你学炒股，具有得天独厚的优势，将来一定会成为新一代"股神"。

巴菲特听了，总是淡淡地回答道，孩子想学什么，要看他自己个人的兴趣爱好，我们做父母的不能对孩子强加干涉。

人们听了，总是不置可否地瞪大了眼睛，一脸困惑和不解。

上学了，彼得凭着刻苦和努力，学习成绩一直很好，常常受到老师表扬。在学习中，不知不觉，彼得对音乐产生了浓厚的兴趣。他常常自己作词作曲，自弹自唱。他还邀请了几个有共同兴趣和爱好的同学，成立了一个乐队，经常参加学校的文艺演出。每当彼得出场演唱，都会引起同学们的热烈掌声和女孩子的惊叫声。

在音乐中，彼得找到了自己的快乐和幸福，有一种心灵放飞的轻盈和辽阔。

一天，彼得正在家弹琴，巴菲特回来了。看到儿子正专心致志地弹琴，巴菲特没有惊动儿子，他倚在门边，静静地听着。从儿子指尖弹奏出来的音乐，像天籁般清澈和流畅，巴菲特和着节拍，深深地沉浸在美妙的音乐旋律中。

不知过了多长时间，彼得忽然发现爸爸早就回来了，正静静地听他弹琴呢。他放下琴，走到爸爸跟前，脸上露出愧疚的神色，说道："爸爸，我想对您说一件事，也许我今后不能像您一样去炒股、做生意了，我想学音乐，我觉得音乐才是我的梦想和灵魂。"

巴菲特轻轻地抚摸着儿子的头，深情地说道："孩子，你喜欢音乐，这也是你人生的一种选择，这并没有什么不好，我们每个人在这个社会上，只要靠着自己勤劳的双手去创造，就会有自己灿烂和美好的生活。孩子，记住，跑完全没有标准姿势。爸爸成为'股神'，是爸爸的一种人生选择，和你喜欢音乐是一样的。小时候，我也喜欢音乐，后来阴错阳差，走上了炒股、做生意这条道路，如果我没有炒股、做生意，也许现在我就是一名音乐老师啦！"

爸爸的一番话情真意切，彼得眼睛里噙满了泪花，他走上前去，紧紧地拥抱着爸爸，亲切地喊了声："爸爸……"泪水不禁夺眶而出。

巴菲特轻轻地拍打着儿子的后背，说道："这孩子，这么大了怎么还哭鼻子？好啦，你去弹琴吧，爸爸还要去看股市行情呢。"

在学校举办的圣诞节晚会上，彼得为晚会创作的主题曲《快乐的圣诞老人》，获得了大家一致好评，他还获得了100美元的奖励。

这100美元他看得无比珍贵，这是他第一次凭着自己劳动获得的报酬。他把这100美元用镜框装起来挂在墙上，每天看到它，仿佛就有了一种信心和力量。

后来，彼得从斯坦福大学毕业后，没有到父亲巴菲特创办的伯克希尔公司工作，也谢绝了华尔街著名的金融公司的高薪聘请，而是成为了一名歌手和音乐制作人，实现了他童年的梦想。

他常常为电影、电视剧配插曲，用音乐创作得来的收入来养活自己，有时为了买一个乐器，他省吃俭用几个月，却从不伸手向巴菲特要一美元。生活虽然过得不富裕，但他感到很幸福、很快乐。在音乐里，他找到了属于自己的天空。

有人不解地问道，你爸爸巴菲特是世界著名的“股神”，他富可敌国，你为什么不求你父亲支援一下，这样你会少走许多坎坷和曲折的道路啊！

彼得深情地说道，爸爸曾经对我说过这样一句话，跑完全没有标准的姿势，人生也是如此，只要找到人生灵魂相通的东西，他的姿势虽然不完美，但同样是一种展翅和翱翔。财富要靠自己的劳动来创造，这才是最优美的姿势。

如今，在彼得曾经就读的芝加哥赛诺小学的校训上写着这样一句话：“跑完全没有标准的姿势。”这条校训，影响了一批又一批从这里走出去的小学生，同学们在这条校训中，仿佛找到了一个个人生的坐标，他们用各自的姿势，奔跑在人生的马拉松上。

载于《文苑》

跑没有标准的姿势，人生更是没有特定的标准，用自己的方式跑在人生的跑道，向目标狂奔。

菜园被毁之后

文/雷碧玉

无论什么时候，不管遇到什么情况，我绝不允许自己有一点点灰心丧气。

——爱迪生

那年，高考的意外失利，给了我致命的打击。我独自黯然回到乡下老家，沮丧失落，不想见任何人。

自家的院子前有一大块菜园，父亲成天在那里忙得汗流浃背，除草、松土、捉虫，似乎没有一刻闲的时候。看我整天情绪低落，心情郁闷，父亲便提出让我帮忙，无所事事的我便答应了。我想，种菜该是最简单不过的事了，何以这么辛苦。

“爸，大自然的空气，水，加上阳光的光和作用，就是绿色蔬菜最佳的养分，您根本用不着这么辛苦，天天候着啊。”在父亲面前，我很自傲地卖弄起自己所学的知识。父亲只是笑笑，没有说话，当即用锄头划出一小块地，给我种子让我尝试做一回菜农。我很自信，如此小事，于我根本不在话下。

学着父亲的样子，我也有模有样地管理起自己的那块方寸之地。松土、撒种、浇水，然后就是静静地等待。那段时间，“守园”成了我每天的必修课。每一次浇水，我都会近距离地、很仔细地观察菜地是否有动静，哪怕仅是微小的变化亦会让我欣喜。终于，多日的辛劳换来了“小荷才露尖尖角”的那一刻。开心之余，我很得意地向父亲展示自己的劳动成果，父亲只是笑笑，仍是不语。

不承想，几天后，一场突如其来的滂沱大雨给菜园带来了毁灭性的打击。看着一片瘫倒在泥水中的嫩芽，我心痛得直流泪。

“没事，咱们重新再来！”父亲笑着递上种子，用力拍拍我。再次播种、浇水，依旧是静静地候着。只是这次我多了一个心眼，用一块塑料严严实实地罩住整块地，以防暴雨的再次袭击。可暴雨过后，温度的急剧升高却让我始料未及，第二次的尝试仍以失败告终。沮丧、失望再次冲击我的心房。

“别放弃！重新再来！大自然风云莫测，你要学会如何去应对。”父亲再次递上种子。有了前两次的前车之鉴，再加上向父亲的虚心请教，这一次的种菜过程似乎顺利了许多，浇水、除草、捉虫，每一件事，我都尽心去做，终于迎来了菜园绿油油的美景。

咀嚼成功让我明白，人的一生总会遇到各种失败与挫折，不要轻易放弃，重新再来，成功就一定属于你！

重新回到学校后，我以全新饱满的热情全力投入到学习中，最终在第二年的高考中取得了好成绩，被师范大学录取。

载于《中学生》

我们无法预料未来，不管前面是坑还是洼，只要内心充满信心和毅力，不言放弃，就能走到平坦的大路上。

没有任何努力会白费

文/张君燕

生活的花朵只有付出劳动才会绽放的。

——巴尔扎克

读小学时，我的身体很不好，生病住院便成了常事。为了提高我的身体素质，父亲想尽了办法，各种食补都进行一遍之后，父亲决定听从医生的建议，遵从“运动是强身健体的最好方法”这个理念，老老实实地带着我跑步、爬山、打羽毛球。可怜我此后便拖着瘦小的身板，气喘吁吁地跟在父亲身后锻炼。不间断地跑了三年步，周末爬山、打球、跳绳，父亲变着花样地陪我锻炼。我曾无数次幻想，在某个清晨醒来，自己一下子变得强壮起来，不再受任何疾病侵扰。可这样的情景却一直不曾发生，我依然三天两头生病，依然隔几个月便要住一次医院。母亲看着我瘦弱的样子，忍不住摇头叹息：“唉，这每日的锻炼算是白费了。”我跟着连连点头，心里期盼能结束劳神费力的锻炼生涯。没想到父亲斩钉截铁地说：“不会白费的，一定要继续锻炼下去。”

在父亲的监督和陪伴下我渐渐地喜欢上了运动，也可

以说运动成了我生活里不可或缺的习惯。几年后的某一天，我和父母坐在一起聊天时，母亲突然说："妞儿好像很长时间没生病了呀。"母亲的话让我也突然一惊，可不是嘛，就连这个流感盛行的初冬，我的身体也没有任何不适呢。面对我们娘俩的感叹，父亲倒像是早有预料："我早就说过，努力不会白费的，只不过是量变还未达到质变。"

突然想起以前的一个同事，我们的工作相对轻松，而且没有太大的压力。工作间隙，同事们常常聚在一起聊天，或者在电脑上购物，有的人干脆闭起眼睛养精蓄锐。但小蕊却和我们都不一样，她总是会拿出本书默默阅读。她的书我看过几眼，都是一些文学读物，很有深度的那种。又不是学生了，读那些书有什么用？一些同事也在私底下悄悄议论，"小蕊的理想是当个文学家呢，哈哈。""可别说，有时下班了我还看到她趴在桌子上写写画画呢。"

面对同事们的非议，小蕊只是一笑了之，依然在空闲的时候看书、写字。不过遗憾的是，我们做同事的几年里，小蕊一直是默默无闻的小职员，她的生活和工作没有因为她的努力而有一点点改变。直到那次在街上偶然相遇，我才知道小蕊已经出了好几本书，而且她如今的新工作，也因她的这个特长而做得风生水起。"当初我也以为自己所有的努力都白费了，你不知道我曾悄悄投了多少次稿，但都如石沉大海。"小蕊笑了笑，继续说，"幸好我坚持了下来，其实，没有任何努力会白费，只是时间还未到而已。"

是呀，我们所经历的每一段岁月都有它存在的价值，我们所做出的所有努力也都有它的意义。请不要轻易辜负每一段岁月、每一份努力，生命就在每一天平凡的生活里，认真做好每一天的事情，坚持自己一点一滴的努力。你要记住，没有任何努力会白费，也许在某个不经意的瞬间，预想中的成功就会与低头努力的你撞个满怀。

载于《语文报》

量变引起质变，努力也一样，每一滴汗水都不会白流，积累到一定程度，你会收到一份意想不到的欣喜。

被狼外婆声音剐过的青春

文/雨　街

后来我知道了，没有自我的人，走到哪里都找不到自我。而孤独的人，无论在谁身旁，都还是一样孤独。

——独木舟

一

十六岁那年，学校出台了一项很不人道的规定：论成绩分班，一班最好，二班次之，三班更差，以此类推。全年级一共八个班，我在八班，可以想象我是什么样的成绩。

我喜欢在课间的时候溜到一班门口，探进头去，看那些品学兼优、利用十分钟课间苦背英语单词或者文言诗词的人。那一群人里，有向阳光。

我和向阳光曾经同班，我坐在他的后排，一遍遍地问他牛顿到底是人还是力学单位，他从来不嫌弃我的麻烦或者无知，一点一点给我解释这些无聊的问题。

可是分班了。

我眼睁睁地看着向阳光消失在视野里，在心里，一千次，一万次地呼唤他的名字，却看不到他回头一次。

二

我拿着一大包花花绿绿的“好多鱼”，走进一班教室，大声喊着向阳光的名字，把“好多鱼”硬塞给他。他推辞着不要，就有一双手抢过了那包好吃的零食。我看到一个胖胖的女人，烫着狮子一样的卷发，也不打理，干巴巴地做出怒发冲冠的样子。

这个女人，是一班班主任，传说中的“狼外婆”，对待学生刚柔并济内外兼修。多调皮的学生，在她手下也是残兵败将，所以她的大名令学生闻风丧胆，令学校领导拍手称赞。

“林若蕾，一班是你来的地方吗？最差的八班里，最差的学生，总来一班干什么？”她刻薄无比地指着我年轻的脸。

血往头上撞，我昂起头：“我为什么不能来一班？一班又不是你们家！”

“一班就是我的家，你这样的学生，劣行全校闻名。你来一班，会一粒老鼠屎坏了满锅粥。”我的反抗，激起她更大的愤怒，于是她开始攻击我的行为，否定我的人品。

全班哑然，向阳光更是没有了一点阳光。

我站在那里，脚想离开，大脑却命令它必须站稳：在向阳光面前，我必须要挽回一点尊严。我固执地对视着狼外婆：“人人平等，哪条校规写着八班的学生会脏了一班的地？你这是人格歧视，我要到教育局投诉你。”

“向阳光，她是来找你的，你负责把她清除出去，如果她再来，你和她一起消失。”狼外婆被我气得发飙，却也没有办法，于是，她选择了向阳光这个软柿子。

三

“向阳光，我不是老鼠屎，这样没素质的老师，不要跟她了。”我充满信心地看着向阳光，年轻的心里极度企盼，自己就是那个令向阳光冲冠一怒为红颜的红颜。

狼外婆用手指点着我，哆哆嗦嗦地说：“向阳光，如果你不把你招来的害群之马赶出去，你立刻离开。”

我瞪着明亮的大眼睛，看着向阳光：向阳光，向阳光，你英勇一点，和我一起离开，我发誓我会一辈子为你当牛做马为奴为婢。我几乎要双手合十虔诚祈祷了。

可是，向阳光，咽了几口唾沫，喉结颤动了几下，小声而清晰地说：“林若蕾，请你不要在一班捣乱了，以后再也不要来找我了。”

我被冰冻在一班庄严漂亮的大教室里。

“同学们检查一下自己的物品，看看有没有丢失的，以后不允许结交乱七八糟的朋友。”狼外婆在我还没走出一班教室时，这样说。

我站在一班的教室门口，有大片的阳光照着我，却照出了一地悲凉的阴影。林若蕾，不就是打过一次架，交过两次白卷，抽过三支烟，喝过四瓶啤酒吗？为什么，会成为老鼠屎害群马小毛贼这样的众矢之的呢？狼外婆充满偏见的声音，给我加上了无数“莫须有”的罪名，仅仅因为，我是差生。

差生，就注定万劫不复，没有骄傲，没有尊严吗？

这不公平！我要反抗，我要反抗狼外婆的噪音。

如何反抗？

不成佛，便成魔！！！

四

我的犯错几率在成倍增长：冒天下之大不韪，私自拉了照明线，被值班老师逮个正着；午休时间，忽视校规中“午休不睡觉也必须闭目养神”的滑稽规定，独自跑到大操场上遛弯，被班主任抓到，罚绕操场跑十圈；课外自由活动时，居然过度自由，跑到网吧逍遥……公示栏上，一条条罪过，像一条条伤疤，爬过我年轻叛逆的心灵。

但是，我真正成为万众瞩目的焦点，是在期终考试之后——我考了八班第一名，全年级第十名。也就是说，所谓的全校最好的班，所谓的高手云集的一班，有四十个同学被我甩在身后。

没有人相信这个事实。

一群人，围住我，软硬兼施，想要拷问出一个真相出来。

凭这个成绩，我要被破格提拔到一班，这是学校当初分班时说的，鼓励我们差班的孩子要努力，告诉我们还有机会，现在我的机会来了。

“这个成绩不能算数，她必须重新考一次，我找题目，我监考，考好了，我就允许她进一班。”当着校长的面，狼外婆说得讽刺，仿佛我注定了进不了一班。

我不说话，林若蕾，不管怎么做，你都注定万劫不复。

一张张试卷摆在面前，我提起笔，像提起一桶铅毒。

即使时间在这一刻凝固，我的笔也不会停下，那些所谓的高深科目，我做起来游刃有余。

所有的人都惊呆了，四个老师，给我一个人监考，我考出了一份完美的成绩。

“既然这样，我同意她去一班，只是不可以这样胆大妄为了。”狼外婆艰难无比地答应了。我含泪而笑，死死盯着狼外婆：“你放心，我不去一班，我会永远留在八班。我不是最差的学生，八班也不是最差的班。我只是想证明这点。”

五

那一年，十六岁的我，成为了学校的一个奇迹，无数的人都在谈论我骄人的成绩。但是，没人知道，一个学习成绩很差的女孩，像垃圾一样，被暗恋的男生在众目睽睽之下，从教室里，从心里驱逐出来的痛苦；也没人知道，那个女孩，私拉照明线，是为了挑灯夜读；午休时去操场是为了背诵枯燥的古文；翻墙去网吧，是用省下的早点钱做网费，在嘈杂的网吧里，用超常的定力去拒绝游戏与 QQ 的诱惑，在各个免费或者收费的网校里，听落下的一门门功课；也没人知道，若干年后，女孩读疯狂李阳的故事，读到泪流满面。只有女孩能体会那类似的艰辛，从对知识的一无所知，跨越到轻车熟路。这一路洒下的汗水与泪水，能汇成一条深邃的河。

更没有人知道，被狼外婆声音剐过的青春，所有的骄傲与尊严，都被伤害殆尽。无论有怎样的良药，一直是无法愈合的疤痕，成为女孩无奈并疼痛的前进动力。

载于《花季》

每个人都有一段黑暗的路要走，那是一段咬牙坚持而且沉闷的路。走出来，然后就哭了。

那时我们都那么年轻

文/胡　识

我们离暧昧很近，可是离爱情，似乎又好远。

——独木舟

我读高中时为了在平安夜送一个苹果给暗恋已久的她，真是在桌洞里做着垂死挣扎，我把盒子里的苹果没完没了地拿出来又放进去。

高三那年，我坐在教室的角落里，是一个不起眼的男生，班主任对我从来都是不闻不问。她坐在前排，是一个品学兼优的女孩，每次考试都能拿全校第二名。

而那时似乎所有的同学包括老师都热衷于拿有恋爱倾向的人开涮，如果有男生在情人节那天给女孩子送礼物，当天就会遭到同学们的取笑，隔天班主任便会把两个人请到办公室喝茶。一想到班主任说教时肆意横飞的唾沫星子，我就会心有余悸。

但当我又想起这已经是我和她还能在一起读书的最后一年时，我不禁又鼓足了勇气。放学后，我在路上尾随她，我的心脏都快跳出肋间直到喉咙口。我不停地给自己打气，对自己说：等她走到那家水果店后再冲向前把苹果送给她吧。可就在我准备拔腿向她奔跑的那一刻，我看见有很多个高高帅帅的男

孩站在她的对面，他们都给她苹果，她笑得分外明媚。

昨天，班主任说她的期中考试的总成绩比阿宽多出一分，拿了全校第一。她站在讲台上发言，我坐在下面呆呆地看了好久，她身穿一件紫红色的毛衣，扎着马尾辫，眼睛灵动有神，我把她的一笑一颦都记在了心里。我想等到第二天平安夜送她苹果时，对她说："阿离，你昨天穿的那件紫红色的毛衣真像这盒子里的苹果耶，我好喜欢。"

但我最终还是没有把苹果送给她，不知道过了多久，便一个人拎着盒子又默默地回到寝室。室友们看了看我，然后问："阿识，你臭小子收到女孩子的苹果了?"我晃了晃盒子，连声说："是啊，是啊!"

又顿了顿，"这是她，她送给我的……"可话还没说完，站在一旁的阿宽就从我手上抢过盒子，将它拆开，掏出苹果狠狠地在上面咬了一大口。我瞥了阿宽一眼，简直气得暴跳如雷，二话没说就甩了他一巴掌。结果，我俩厮打起来。

那是存在我记忆里最深刻的一次平安夜，挥之不去。

在后来的一次高中同学的聚会上，我听阿宽说，她从他们手上接过的那些苹果都是他们托她送给她的闺蜜们的，而那个平安夜，她一直在等我送她苹果。

年轻的我，可以为了送一个苹果而偷偷地蹲在水果店的门外，却不敢轻易进去。那时的我在成长的角落里哭了整整两个小时，成长就是一件重的礼物、一次痛的领悟。

载于《时代青年》

成长是疼痛的，那时的我们大概是孱弱的，所以才会没有勇气去追求自己的幸福。

我用整个夏天同你告别

文/红　川

我见过你最深情的面孔和最柔软的笑意。在炎凉的世态之中，灯火一样给予我苟且的能力，边走边爱。

——七堇年

一

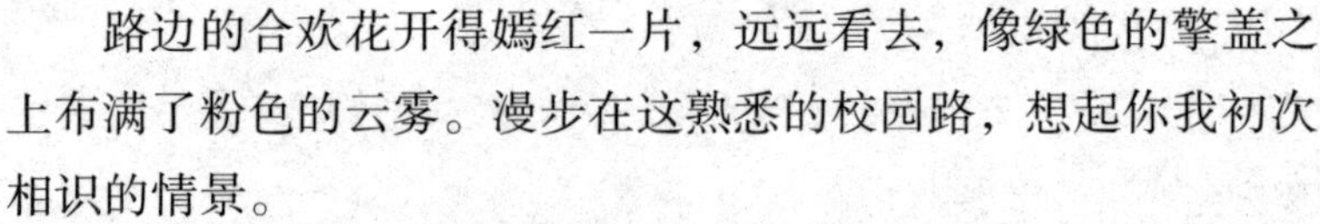

路边的合欢花开得嫣红一片，远远看去，像绿色的擎盖之上布满了粉色的云雾。漫步在这熟悉的校园路，想起你我初次相识的情景。

记得那是个合欢花盛开的初夏，已是高二的我们，身边弥漫的是升学、努力的呐喊。

一天，我一个人走在放学的路上，一边走，一边和合欢花打招呼。兴奋之余，禁不住旋转起舞。

没成想，一脚踩到了你的脚上，你“哎呀”一声，将我从沉迷中拉回。

你蹲在地上，脱下鞋子，揉着自己的脚。我看着你的样子，不知为什么，一点不心慌，非但没有道歉，反而笑得一塌糊涂。

“你这人怎么可以这样?! 踩了人家脚不道歉还笑，我都疼死了。”看你龇牙咧嘴的样子，我收起了笑容，蹲下来，问：“还疼吗？我踩你一脚不至于那么疼吧？我不胖的。”

你“扑哧”一声笑起来：“踩人家脚和胖瘦有关吗？你瘦就可以随便踩人家脚吗？什么理论？”看到你露出了笑容，我的心宽了几分。

此后，我们便认识了。

但当你说出自己名字的时候，我被狠狠地吓到了。

二

林嘉楠，这是个全校闻名的名字，我上高一的时候就听别人说过你的浪漫情事。

你喜欢你们班里的一个叫梅若曦的女生，常常在上课的时候给那个女生写纸条，折叠成帆船的样子，让纸船顺着同学的手织成的河流顺利抵达靠岸的“港口”。

一天下来，你给那个女生写的纸条竟用掉了一本作业本！这是我们学校的“吉尼斯纪录”。此后，你就成了我们学校的“名人”，并且大红大紫，成了众多女同学的偶像。

梅若曦并没有被你的纸条情书打动，依旧和你保持着不远不近的距离。

同学们都说你选的目标“太高大”，梅若曦一个“白富美”，怎么会看得上你一个“穷屌丝”呢？

但你仍锲而不舍，那个学期，你整整地用掉了几十个作业本。

有同学劝你，别用作业本写情书了，把那些写情书的作业本都拿来写作业，把写情书的劲头都拿来学习，将来一定会考上一个名牌大学。

你不以为然，回眸一笑，说："谁的青春不曾疯狂？不疯狂的青春还是青春吗？"

三

我喜欢听老歌。

我喜欢听那首《驿动的心》。

"曾经以为我的家/是一张张的票根/撕开后展开旅程/投入另外一个陌生……"我握着 MP3，低低和唱着，不知不觉，眼泪流了满脸。

伸过来一双手，手上是一块洁白的纸巾。我抬头，是你，不知何时，你站在了我的身边。

"我知道你的故事，就像你知道我写情书一样。"你轻轻地说。

"你怎么知道我的事的？"

"想知道一个人，无论如何都会知道的。"你狡黠地笑着。

"其实命运对待每个人都是公平的，比如你没有了双亲，但生活给了你自立和坚强；你没有了家庭，但得到了更多人的关爱。"你收起笑容，一本正经地说。

"可是，很多时候，我感觉自己好孤独。"不知道为什么，在你面前，我愿意展现我的软弱。

你说："看，我的肩膀，可以随时借给你依靠。"

那一刻，我封闭的心湖起了涟漪，感觉自己的脸在发烧。

"你看，你的脸上开了合欢花呢。"你坏坏地说。

我没有反驳你，任凭脸上的合欢花开得绚丽灿烂。心里揣想着我们会有一个美好的未来，一个完美的结局。

四

很快就是暑假了。

你回了家，我选择继续留在学校，因为家对我来说，在哪儿都一样。

我找了一份兼职，是辅导一个初二的学生英语。

那一夜，我做了一个梦，梦见我一个人走在一条深巷里，向前，看不到去路，向后，望不到来头。无边的黑暗压过来，令我感到窒息。我惊醒了！望着空荡荡的宿舍，我的眼里满是恐惧和迷茫。

原来，那些极力掩饰的悲伤，哪怕隐藏，哪怕淡忘，它也总会在某个不经意的时刻跳出来，拥抱你。

终于，开学了。

我们成了高三生。

一天，我接到一个陌生电话，电话那端的女人说，她是梅若曦的妈妈，也是你的妈妈。听到这句话的时候，我的脑袋瞬间短路。接下来的话我一句也没听清，只记住了最后一句话，她要我不要纠缠你，她希望你和梅若曦都能考上最好的大学。

挂掉电话，我站在窗前，看着窗外流淌的白月光，闪烁的泪光照亮冰冷的脸庞。此时，我多么渴望你能用一个热情的拥抱温暖我冰冷的心房啊。

我开始按照你妈妈的吩咐冷落你，不接你的电话，也不再到那条我最爱的合欢花路散步。下晚自习，你在教室门口堵住我，拉着我到教学楼的一角，摊开那些你传给梅若曦的纸船说："看，这不是什么情书，是梅若曦每天留给我的作业。对了，梅若曦是我妹妹，是老妈让她监督我学习的。"

我笑了，我说我感觉像在看电视剧，你也笑了，你说生活本来就像电视剧。

五

我和梅若曦成了好朋友。

梅若曦说家里对你的期望很大，因为你是你们家族企业将来的接班人，所以对你要求很严格。

你在我和梅若曦的督促下，学习成绩一路飙升，你拿着生平第一次得到的满分试卷，兴奋得像个孩子。

书山题海，试卷接着试卷，高三的日子就这样轻易过去了。

你说我们报考同一所大学，我答应了，但后来，我改了，你不知道。我选择不上大学，提前回我的山村小学去当老师。

我们终究是两条路上的人，有一段这么美好的相遇，对我来说，已经足够。

你知道吗？我用了整个夏天来同你告别，告别我们青涩而单纯的爱恋，告别一朵合欢花鲜艳欲滴却随风飘零的心事。

9月，是大学报到的日子，我换了手机号码，删除了你的电话号码。

村庄的小学里也迎来了一批新生，他们如一只只蝴蝶，在并不宽大的操场上追逐着温煦的阳光。我站在阳光里，远远地望向你的方向，我想，你那边的太阳，一定也盛开着幸福的光芒。

载于《青春期健康》

有些人注定是会错过的，就像两只蝴蝶，飞着飞着就失散了。而那些失散了的，就叫青春。

第五辑

你不坚强，流泪给谁看

生活那么现实，如果你不坚强，流泪给谁看？我想，我们的爸爸也不喜欢我们整天泪流满面的样子吧？弟弟，我们一起坚强面对生活吧，我们的妈妈也会因为我们而欣慰。我们是一家人，无论面对什么事情，我们都可以携手一起走过。这世上，唯一的“救世主”就是我们自己。

时光藤蔓爬上青春眉梢

文/卜宗晖

青春是多么可爱的一个名词，自古以来的人都赞美它，希望它长在人间。

——丰子恺

高中时候，大概十五六岁的样子，有一点点才气，有一点点张扬。在全国性的写作比赛中获了奖，心生得意，似乎走在路上都追着风。我的老师和同学，也总是不吝对我加以赞美之词，而我则是在心里面习以为常地认可，渐渐生出张扬之气。

这种状态一直持续到了高二下学期，我还沉浸在文字的世界中难以自拔，课堂上总是疾笔写那些锋芒的文字。直到我的学习成绩一跌再跌，老师终于无法再忍受下去了，学校因此不再派我去比赛，父母严厉地勒令我停笔，我才终于醒悟过来。

追赶别人脚步的日子是痛苦的，为了补那些落下的课程，我整整做了两本英语笔记，一本数学和一本物理笔记，将近半个学期没有睡过午觉。幸运的是，最终努力和付出都得到了回报，我重新回到了班级的前列。

然而高二结束时，文字已在我笔下生了锈，我不敢轻易去触碰那些流水般的句子和篇章，它们曾经给我带来张扬之气。可现在，它们是一地碎片，任我如何努力地拼凑，都再不可能

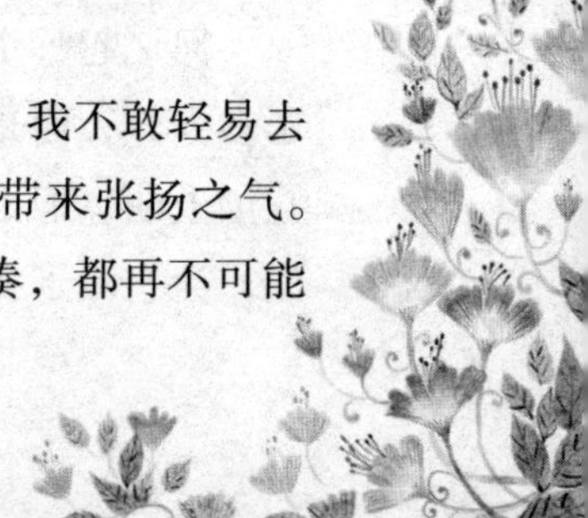

完整。

也就是从那时候开始意识到，年轻气盛的时候，总有那么一件事物，让你执着地持在手中不肯放下。谁都会不可避免地爱上它带给你的张扬之气，那是我们握有资本时最骄傲的姿态。

后来上了高三，时光的篱蔓从这堵墙攀沿到另一堵墙，是更深的院子，枯燥和寂寞锁住了我的青春，但是还好，文字给了我一支牧笛，让我能够一直吹响内心的声音。

在朋友的鼓励下，我勇敢地再次提笔，给杂志社投稿，终于，文字见于刊物，像许久的心事花开一样，我收获着内心的欣喜和芬芳。我还偷偷的把暗暗喜欢的人化作了笔端流萤，把微妙的心绪诸于笔尖之下，或晴或阴，我的世界被一个人左右着，但她却毫不知情，或许真的是落花有意流水无情吧，但我还是愿意在她的生命中逐流一次。

也曾独自一人徜徉过最熟悉的那条小道，在高中毕业之后，看到路旁的木棉树依旧长得高大茂盛，曾经守在这条路上的我，如今换了新装变了模样，却依旧止不住回想往事。

的确，青春的眉梢曾经为那些失去的、感伤的往事而扑簌簌地落泪，但又能有几个人不会这样？当它们纷纷成了记忆中模糊的片影，请记得是它们为你打开了心灵世界的那扇窗，给你投进了光亮，让你从此舍不得关上。我开始学会对这个世界眉宇相笑，尽管我守着风雨不一定见云开，但是我相信嘴边的彩虹一定会来。

回忆起整个高三阶段最让我骄傲的事，不是哪次模拟考考了多少分，而是我写的词成了班歌的一部分，尽管没有人能为它谱上曲，但大家还是很有才气地为它引用了贝多芬的钢琴曲，让它成了我们大家庭中的一份子。得到大家的认可是件很令人高兴的事，终于有那么一刻，我们为青春唱响的主打歌是来自于内心真实的声音。后来我把这份手稿夹在一本书中，但是繁忙的高考之后我再也没有发现它，这件事至今仍是我内心的遗憾。

一切都会落幕，一切还在上演，高考的结束不过是另一个新征程的开始。那天整理东西，无意间翻到高一高二时的课本，发现随处可见我打的文学草稿，数量之多让我不禁怀疑自己曾经装着多少少年心事，只是它们都已经随着我长大，褪下张扬之气的外表后显露出澄明的光彩。

时光篱蔓曾经爬上青春的眉梢，它触痛过我们的神经，让我们紧张，有些泪水也是拜他所赐。但是别忘了，当你笑的时候，它的内心其实和你一样柔软。

载于《东方青年》

很多东西因为一场考试就消失了，包括那年的暗恋，那年的情愫，还有那些低眉善目的男生女生。可是每次想起，心里还是那么柔软。

“高四”，泪流成歌

文/罗光太

青春是美妙的，挥霍青春就是犯罪。

——萧伯纳

一

我没想到会在高考时败得那么惨，我的状态很好，还以为自己考得不错，但分数出来时，我却欲哭无泪。看着身边那些考得好的同学，看着他们灿笑如花的脸，我真希望把他们扔到撒哈拉沙漠去，或是自己挖个地洞躲起来。

我木然地坐在床上，望着垩白的墙，大脑一片空白。我想不明白，为什么只有520分？和我自己的估分相距遥遥。而那些原本成绩和我差不多的同学都考到了600多分。我怀疑会不会是分数弄错了？或者只是一个同名同姓的另一个人的分数，种种假设，我骗不了自己，准考证上的号码我能倒背如流，又怎么可能是看错分数？

我一天一夜没吃饭，连门也没出，绝望得就想结束此生。见我如此消沉，在劝了几次无效后，父亲终于动怒了。他情绪激动地骂我，说我不争气，问我这样要死要活的做给谁看。而我心里堵得慌，口不择言地和他吵了起来，跑出家时还扬言再也不回来了。

我跳上一辆公交车，在城市另一边的终点站下了车。没有目的地，我只想离开家，不想看见熟悉的人。游荡一阵后，我逛进了附近的网吧，那里于我是个安静的港湾。直到第二天早上，口袋里的钱所剩无几，而人也昏昏欲睡时，我才恍恍惚惚地离开网吧。

回到家，家门紧锁。在我一遍遍敲门时，邻居的阿姨出来，一看见我就惊讶地问："孩子，你跑哪去了？现在才回来。还不赶快去人民医院，你父亲昨晚上到处找你，出车祸了……"没听她说完，我就往医院跑去。

到医院时，我碰到了从老家赶来的二叔，他带着我找到了焦急地等在手术室外的母亲。我低低地叫了一声"妈"，母亲转过头冷冷地盯着我，满眼的无助，满脸的泪水。母亲挥手打了我一记耳光。

经过 6 个小时的抢救，父亲的命是捡回来了，但他永远失去了左小腿。后来，小姑告诉我，父亲看我半夜还没回家，打我的手机又关机，于是慌乱地四处寻找，担心我想不开去做傻事。他骑着摩托车满城地找我，凌晨，在街上的拐弯处撞上了一辆早起载菜的农用车……

那段日子里，我担起了照顾父亲的责任。但无论怎么做，都无法减轻我内心对父亲的愧疚。一夜长大，说的大概就是我这样的孩子，我终于明白父母比我想象的还要爱我。

二

8 月份时，大家陆续收到了大学录取通知书。我没有填报

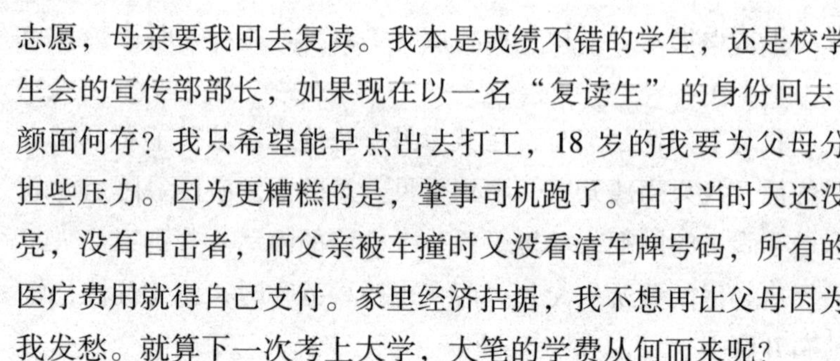

志愿，母亲要我回去复读。我本是成绩不错的学生，还是校学生会的宣传部部长，如果现在以一名“复读生”的身份回去，颜面何存？我只希望能早点出去打工，18 岁的我要为父母分担些压力。因为更糟糕的是，肇事司机跑了。由于当时天还没亮，没有目击者，而父亲被车撞时又没看清车牌号码，所有的医疗费用就得自己支付。家里经济拮据，我不想再让父母因为我发愁。就算下一次考上大学，大笔的学费从何而来呢？

见我态度强硬，母亲一直抹着泪水。一天，考上大学的同学举办“谢师宴”，他们也特意过来请我。我把他们拒之门外，心里的痛无法言说。站在阁楼的窗前，望着昔日同学远去的背影我默默流泪。我曾经那么骄傲，现在却成为别人茶余饭后的谈资笑料了。

还在住院的父亲知道我拒绝复读时，状态刚好点的他气得要一把扯掉身上的输液管，说：“这就是你对我的回报？”那忧伤的眼眸刺得我心疼。我站在父亲的面前，低着头。看着他空荡荡的左小腿裤管，眼中噙着泪。

“如果你执意不回去复读，我也不治了，一家人回去等死。”父亲下了最后通牒。“小磊，你真的要逼死我吗？你好好回去复读，砸锅卖铁我们也会供你的，你有能力读出个名堂来……”母亲哽咽道，眼睁睁地望着我，父亲也看着我。我抬起头，又垂下，脑海中倏地浮现出高考前我在全校大会上代表毕业班学生作报告的场面。学校里每个人都认识我，一个别人眼中所谓的“优秀生”，居然成了“高四”学生，我实在不敢想下去……

“我知道你会难为情，可就不能从头再来吗？有的人考了几年才考上，你为什么就不可以再试一次，多给自己一次机会呢？”父亲态度缓和下来。看着父母乞求的眼神，我咬着牙，重重地点了点头："我接受你们的安排。"

高考失利，责任在我，怎么可以让我的父母替我背上沉重的包袱呢？内心深处，我又如何割舍得下我的大学梦？所谓的"面子"都是自己替自己挣的，别人怎么看终究是别人的事，和我的人生无关。我下定决心，回校复读，开始我的"高四"生涯。

三

我回校复读的消息像风一样传了出去，很多老同学都发来短信鼓励我，说他们在大学校园里等着我。

熟悉的校园里，我已经是一个"高四"生了。面对别人或热情或故意的询问，我一概不予理睬。曾经光芒四射的学生会宣传部部长，现在只是一个"高四"生，异样的目光如芒在背，我努力坦然自若。

学校安排我插班复读。当我第一天走进我复读的班级时，遇见了一个我实在不想在这种情况下遇见的人——程樱。她曾是学生会的宣传部副部长，原来我们经常配合完成学校安排的工作，算得上是合作默契的工作伙伴。

如果我们仅仅只是这样一种工作关系，我是不会在她面前难堪的，更重要的是，程樱曾经喜欢过我。她给我递纸条，邀我出去玩，甚至曾勇敢地当面向我表白。而我对她没有这层意思，而且当时面临高考，我冷漠地拒绝了她。我对她说："我是要考大学的，到清华来找我吧！"我的拒绝不算生硬，却同样伤透了她的心，她是一个"有仇必报"的小辣椒型女生，被我拒绝后，面子上过不去，就辞去了学生会的工作。她当时还曾扬言，会恨我一辈子。

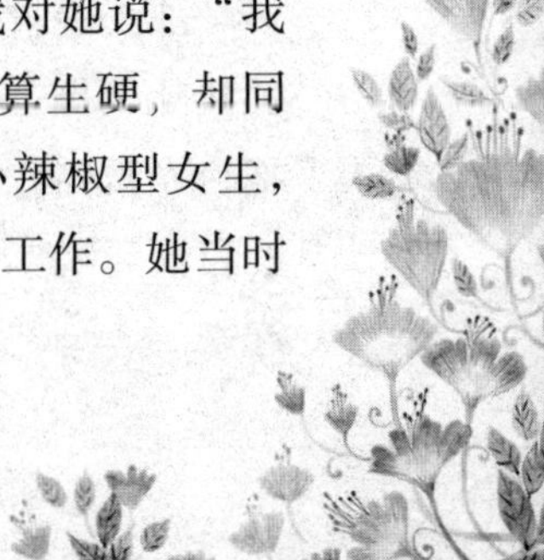

程樱看见我时，惊讶得像大白天遇见了鬼一样。或许吧，在高中校园里再看见我，对于她无异于大白天见鬼。连我自己都不相信，我会没考上大学，会回来复读。

“小磊？你……”程樱连话也说不利索了。我怔怔地看着她，做好了接受她暴风骤雨般的打击和讽刺的准备。只是出乎我的意料，程樱没有对我冷嘲热讽，目光中反而满是怜惜和疼痛。此时的我讨厌她这样的目光，让我觉得自己很可怜，甚至于可悲。

“小磊……”程樱轻唤我，我装作没听见，掏出书本，认真学习起来。对她的热情和友善，我没有感动，只有决绝，希望她不要再来打扰我，我不需要安慰，只想安静地度过“高四”的时光。

四

我全身心地投入到学习中，唯有如此，才能让自己平静下来。我的成绩本来就不错，再复读一年，每次考试都能排在年级前几名。面对别人羡慕的目光，我一点欣喜也没有，我知道在高考考场上笑到最后的人才是赢家。

日子平静如流，我包裹着自己，艰难前行。

我以为自己可以把程樱抛在记忆之外，以为我们之间再也不会有交集。但有时候越想逃避，却越躲不开。

那天晚自习，我来到教室时，程樱在和别人吵架，反正不关我什么事，我径直走到座位上看起书来。见我进去，大家都把目光投向我。我好奇地抬起头，心想：为什么大家都用奇怪的目光看我？我没觉得有什么不对劲的地方，又捧起书本看起来。

“程樱，你以为他会喜欢你吗？他连看都不想看你一眼，自作多情，我说他两句怎么了？不就一个复读生嘛！”那个女生刻薄地大声嚷道。“他不看我碍着你了？我就不允许你说他的坏话。”程樱也不甘示弱。

这些话灌入我的耳朵里时，我惊呆了，原来她们是因为我在吵架。

吵着吵着，程樱气不过，居然冲过去打了那女生一记耳光。那女生也挥舞着手臂扯住程樱的头发，两人扭打成一团。有的同学开始在边上起哄，整个教室乱成了一锅粥。老师来时，那女生还骂骂咧咧：“程樱，我跟你没完，我们的姐妹到头了。为了一个复读生，你居然敢打我！”程樱红着脸，不吭声。

我突然注意到那个女生原来是程樱的一个好朋友。之前，我拒绝程樱时她也在场。顿时，我的心又乱成了一团麻。我知道自己不能当作什么都不曾发生一样，想找程樱谈一谈，但又无法开口。犹豫良久，我给程樱写了一封信。

我告诉她，希望她能把高考放在第一位。同时，我感谢她对我的维护。但也提醒她，有这一次就够了。她的成绩不错，正常发挥能考上好学校。高考失利那种欲哭无泪的痛楚，我不希望她也经历。这是我唯一能为程樱做的。

五

再次面对高考，我没有了最初的激情和狂热，也没有伟大的憧憬，只想踏踏实实地过好每一天，认真完成老师布置的复习任务。父母期盼的眼神就像我心中的一盏灯，时刻提醒着我：一定要考上理想中的大学。

天道酬勤，上天还是眷顾了我这个勤奋的“高四”生。再次高考，我终于考到了全市第三名的优异成绩。知道高考分数的那个晚上，父母喝醉了，抱着我笑着流泪。我心里知道，这一年的时光，于我、于父母都一样是种煎熬。

夜深时，我依旧坐在阁楼的窗前，望着窗外那轮明月，思绪万千。月光如水，空气中夹杂着夜来香浓郁的芬芳，远处时不时传来缥缈的歌声。这个温馨的月夜，我泪流成歌。

载于《意林 12 +》

对于每一个经历过“高四”的人来说，那段岁月更像是一次蛰伏后的重生。

比命运更强悍

文/雪　炘

如果你浪费了自己的年龄，那是挺可悲的。因为你的青春只能持续一点儿时间——很短的一点儿时间。

——王尔德

又逢毕业季，我们唱着离歌，告别求学生涯。

一

公交车再次缓缓挪动，我已经被挤成空气，贴在车厢扶手处。

就业高峰期，刚走出学校的我，多多少少有些茫然。下了长途大巴，直接踏上通往城中心的公交车，只想赶快到家。但是，车里比夏阳暴晒更瘆人，可堪称是桑拿蒸。我试图挪动身子，来缓解被定格的神经，衣角却被扯得很死。低下头，一只手将我的衣服紧握于扶手上。

一个20出头的女孩，正专注地看着窗外，双手握着扶手。仿佛怕被丢弃一样，握得很紧，很牢。

我再次试图挪动身子，这一次是想抽出衣角，但没有

成功。

她依旧专注于窗外。

我又一次用力，衣角被扯得很长。她终于回过神，看了看手握的衣角，立刻松开，然后冲我抱歉式地甜甜一笑。像融化积雪的春天，我的笑也不自觉地在脸上荡开，染红了脸庞。

公交车仍在前行，我们依然陌生，车厢却变得可爱起来。

二

挤出人群，深呼一口气，活着真好！

离家还有半个多小时的车程，我实在不想挤公交车了，就打电话让爸爸直接来接我，我在书店等他。

书店是我最喜欢的地方，它是我逃课的避身所，只是好几年没来这个书店了。里面摆设还是老样子，换的是店员，还有来来往往的人流。

站在杂志类书架前翻阅，听到身后有人询问店员，有没有让·路易·傅尼叶的《爸爸，我们去哪儿?》? 店员说，现在还没有，需要过一段时间才进货。

我不由得转过头。

这本书是老师推荐的，我看了一些书评，最近才买的，只在车上才翻看了一点儿。

再次看到她，我便相信了一种叫缘分的东西，那个甜甜的微笑浮现在脑海中。

她身着粉红色短袖、蓝色牛仔裤、白色运动鞋，瘦小的身躯透露着坚定，脸庞写满了焦急和渴望。可是，书店没有，她只能无奈离开。

望着她的背影，在人群中蹒跚离去，我便知道她是异于常人的。于是快步追上，堵在她面前，将那本书递在她面前。

她没有接，只是错愕地看着我。

“借给你。”我说，并把书再次递到她面前，向她微笑。

她还是没有接。

“小萱！”

我们同时向声音看去，一个男孩从摩托车上下来，说要带她回家。看到我，就问发生了什么事，女孩简单说了一下。男孩的脸潜伏在头盔里，硬是转过身问我，这能行吗？

我说，嗯。

他接过书，点点头，让我留下联系方式。我只有一支笔，只能将 QQ 号写在他手心，女孩再次露出甜甜的微笑。她紧握着那本书，像刚才握扶手一样，甚至更紧、更牢。

他帮女孩把书装进背包，伸出一只手让她紧握，一起下台阶、上车。在发动机的隆隆声中，女孩再次向我微笑，说谢谢。男孩抬起眼睛，向这里看了看，踩下油门，离开。

再看这座小城，虽越来越繁华，却写满宁静。

三

晚上上网时就有人加我 QQ，验证信息是小萱，还有一个叫大智。我确定了信息，没看到小萱，在线的是大智。

他说，谢谢你。

我问，谢什么？

他说，小萱找那本书已经找了大半年了，可是书店一直没有，今天她很开心。

我问，你是那个头盔男？

他发来一个微笑。

临睡前，他告诉我，过几天是小萱的生日。小萱在这边没什么朋友，如果我可以去，她一定很开心。

我答应他，到时候一定去为她庆生，再送她几本书。

躺在床上听夜，虽寂静，却明朗。

四

小萱生日前一天，我接到小雪的电话。

小雪是我大学的舍友，我们一起旷课，一起荒废了大学。不同的是，我花时间看书、写稿，她拿时间逛街、约会。自然各有所得，我收获了书籍和稿费，她拥有了服饰和恋人。

没想好未来的路，她索性就不想了，先放松一段时间再说。听说我认识了小萱，她便坐长途列车赶过来，说要探索一条可持续发展的道路。

坐了两个多小时的公交车，我们在车站见到大智，并一睹他的真容。他长得很含糊，跟刚被人从睡梦中拽出来一样，连说话也如此。

离家里还有一段路，我们沿路步行。

那是一个很深的小巷，弯弯曲曲的街道左拐右拐，里面却应有尽有。我们经过菜市场，饭店，诊所，网吧，KTV，终于看到一个蛋糕店。大智不让我们买蛋糕，却没有阻挡得住，于是长相更含糊了。

小萱还不知道我们要来，这是他的请求，想给她一个惊喜。

一个人对一个人的了解与爱护，就是知道她的所有喜好，并且肯花精力使她开心。毋庸置疑，他对她的了解与爱护是绝对无敌的，因为她的神情已经可以用震惊来形容。

如果不是看到他们的婚纱照，我不敢相信租来的十几平方米的房间里，可以承载满满的爱情和婚姻。屋内整洁有序，东西虽多，却忙而不乱。记得妈妈常说，一个女孩最重要的是勤快，整洁有序的品质最能打动人。

我嘴角不自觉上扬，心中有的不只是感动，是比看完一本好书更有感触。

我们在屋里聊天，大智出去一会儿。回来时，带了几个男孩，并递给小萱一个纸盒。他说话永远那么简单，只是淡淡地说，送给你。

盒子里是一对耳钉和一枚戒指。

小萱说，结婚时不是已经买了吗？我又不喜欢戴这个，干吗花钱？

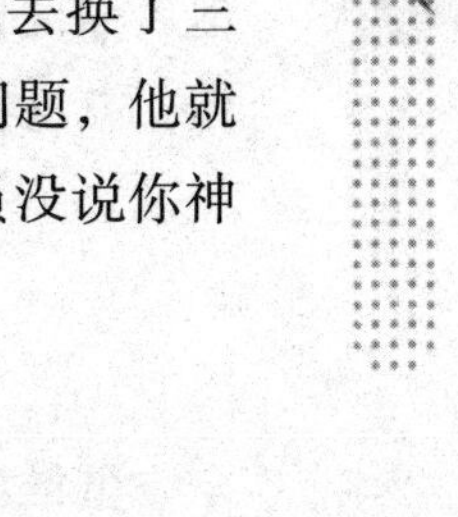

他挠挠头，说，这个和那个不一样。

小萱是被宠坏了的，为戒指的大小和款式，他去换了三次。其实没人逼他一定要换，只听小萱说哪里有点问题，他就不声不响去换一次。一直换到满意，小萱才问，店员没说你神经失调吗，换了这么多次？

“适合你就好了。”

行动之后的语言，不管多简单，总能体现深沉。

五

玩得太久，为相遇干杯的同时，我们只能在那里住一夜。

几个男生拿着啤酒，劝女生喝，要求碰杯。我是一口就倒，所以从来不在外面喝酒，哪怕你杀了我。

那些男生说了很多，后来干脆播放《兄弟干杯》，说不醉

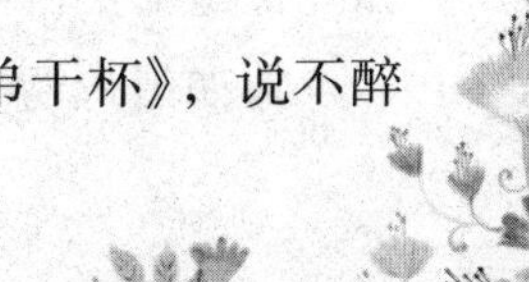

不归。就算庞龙来了，我也不会拿自己的安全开玩笑，但他们仍然跟我比执着。

“想和她喝酒先过我这关!”小雪拿起酒瓶冲过来。

她虽有富家子弟的浮夸，但在关键时候，她总能做冲锋。这就是每个故事里总要有伶牙俐齿又莽撞的人的原因，他们可以将悲剧转化为喜剧，这样的生活才有味道。

小雪的酒量绝不是传说，看看几个男生的表情就不言而喻，比刚才更伤面子。

睡觉的时候，几个男生都喝高了，跌跌撞撞各自回家。大智端来水，要给小萱洗脚，小萱却要自己洗。他没说话，也不退让，继续洗。

“萱儿，今天是你的生日，我给你洗脚。我知道你受了很多委屈和伤害，你虽然不说，但我都知道……”

他是真的醉了，我实在不能听下去了，便悄悄出去。不管他后面说什么，都已不重要了。一个人所承受的，只要对方能懂，就已足够。

六

蛋糕没来得及吃，那几个男生一大早就过来，说吃完蛋糕去 K 歌。但大智要上班，没时间做陪，只好嘱咐我们照顾好小萱。

有个男生将奶油吃到脸上，我们笑着就玩了起来，开始故意涂抹。这是小雪起的头，那个男生却拿着蛋糕，一直看着我。我属于眼疾手快的人，在他涂抹之前，便把碟子里的蛋糕扣在他脸上。

他如雪人愣在那里。

时间凝固，随后都乐翻了，小雪解释：“她最恨别人碰她。”

“所以，就先碰别人？”

那男生说得很精确。说到底，我不是勇敢的，怕受伤。所以，预感到要受伤时，我总选择主动。有时候推断错误，就会伤及无辜，所以我希望能像小萱一样勇敢。

大智告诉我们，当初学校拒绝她，她不吵不闹，极力请求；当初结婚的时候，他家人坚决反对，她选择他不放手就紧跟其后；当初别人都觉得她只会是个累赘，她不争辩，只埋头苦干。

所以她说：“如果你恨那些伤害你的人，就做出成绩，再回到他们面前，让他们后悔。如果有人嘲笑你，就直视他们的眼睛，让他们低下头，而不是你！我遗憾的不是我没上大学，而是有多少书被压成废纸，却始终不肯放一丝霞光给渴望丰富的灵魂。”

这些话震撼着我的灵魂，一个瘦小爱笑的女孩，内心竟如此强悍。每个人都有遗憾，仿佛就是因为这些遗憾，生命才完整，才有所求。

七

彼此熟悉之后，才深入了解小萱，像断断续续的歌。

小萱先天性肌肉萎缩，臀部向后突出，总给人一种随时要摔倒的感觉。从小就一直向往大学的她，在高中毕业之后，被大学拒之门外。后来虽然做了话务员，但她没放弃喜欢的平面设计，偶尔也看看励志性的书籍。

现在的她已经独立，有自己的资金库，有自己的业余爱

好，有自己的爱人。但她依然向往大学，有机会就去朋友的学校待几天，一个人往返。

去年初冬，在一所大学的画室里被抓，保安和管理员都嘲笑她。后来知道她是过来找朋友的，就说让朋友看好她，想来画室就要办卡。伤疤再次被撕开，她平静接受，回来就更努力了。

这件事是她朋友告诉大智的，我们终于明白她的个性签名——伤害对我来说平常如空气，每一次面对，都让我重新认识自己和世界。

她内心的力量让我佩服，我由衷的说她是勇敢的女孩，是生活的强者，有别样的美丽。想当年报考文艺高校，因为声带严重受损而没通过面试，随梦想一起破碎的还有我的勇气。后来为了拿大学文凭，我去了与自己格格不入的学校，读着自己不喜欢的专业。

我们总是向生活妥协，委屈自己，去求一个看似必要却不属于自己的归宿。如果当初我不妥协，不选择，现在会怎样？

八

那天在 KTV 里，小萱一遍又一遍唱着孙燕姿的《明天的记忆》，我们似乎都懂的语言——

让明天的记忆不模糊，不是因为孤独；因为我们执着的态度，不管它起起伏伏。让今天把明天变特殊，未必因为满足；因为我们过得不含糊，从来不曾退出。

她的经历和歌声像一部励志剧，给人信心和力量，但为失恋伤心的人还是唱起了《离歌》：“一开始，我只相信，伟大的是感情；最后我，无力地看清，强悍的是命运……”

是，命运无比强悍，想爱我所爱，就要比命运更强悍。

载于《青年博览》

我们怎样看待生活，或者生活怎么对待我们，都不是最重要的，重要的是经历其中，并努力过好生命中的每一分钟！

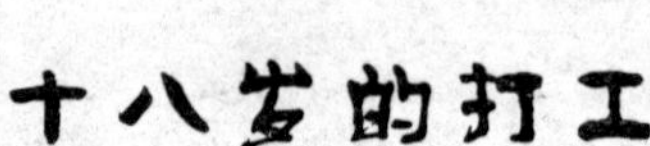

十八岁的打工

文/冠　豸

经验就是熟谙事物的总体。

——胡克

一

那年，我18岁，高中毕业，没考上大学。对于乡下高中出来的毕业生，没考上大学我一点都不难过，但我的农民父母却不能接受。

班主任建议母亲让我回去复读一年。但我就想着出去打工，外面精彩的世界让我神往。

邻居奎子回来探望生病的奶奶时，我就整天往他家跑。奎子是我小学同学，初中没读完，他就偷偷跟着村里的打工人群外出了。这些年来，他每隔两个月都会往家里寄钱。我很羡慕他。18岁了，真不忍心看着父母每日早出晚归的操劳。

奎子有些犹豫："你真的不想读书啦？可别后悔哟！出门打工很艰苦的。""我知道，你能吃的苦我也能吃。"我平静地回答他。奎子没再推诿，答应两天后让我跟他一起去福建泉州。

二

天刚露鱼肚白时，在父母殷殷的叮嘱声中，我挥手告别了家人。汽车扬尘而去的刹那我是亢奋的，内心洋溢着燃烧般的激情。这是18年来，我第一次远行。

经过十几个小时的颠簸，汽车在傍晚进入泉州市区。当我睁开惺忪的睡眼时，眼前是一片浮光跃金的海湾，海湾里搁浅着几艘古老的大船，还有数不尽的小船，虽然锈迹斑斑，但在晚霞的渲染下，却也闪烁着耀眼的光芒。内海的缘故吧，感觉不到海的浩瀚，停泊着的船只有些落寞。车一转弯，迎面而来的是鳞栉比次的高楼。昏黄的街灯下，汽车、行人，密匝匝地把街道挤得水泄不通，喧闹声、喇叭声不绝于耳。

走出车站，眼前只有人和汽车，分不清东南西北了，我紧紧抓着奎子的衣角，怕一转身就走丢。“热闹吧，城市就是不一样，车来车往，霓虹闪烁。”奎子说。“嗯！怪不得人人都想出来打工。”我附和着说。“城市是富人的天堂。这些天你可以先住我那儿，明早我出工后，你自己到市区看看，有没有招工的，如果找不到事干，可以先在我们工地做着，有合适的再找……”奎子一本正经地说。我忙点头，一脸感激，在这陌生的城市，奎子是我唯一的依靠。

我买了一张泉州市区图，在奎子上工后，一个人跑到城里。我一边熟悉这个城市，一边找工作。奎子干活的工地离市区很远，在心底里我并不喜欢那个尘土飞扬的工地。坐在公交车上，随着车子的开开停停，我宛若一尾游荡在城市的鱼。

跑了三天，我居然连一份有用的招工信息都没有看到，颓然回到奎子住的工棚，仰面躺下，我疲惫得说不出话来，心里却盘算着先在工地做一段时间再说。口袋里的钱不多，而且还是父母卖了几只鸡，还有两大筐莲藕所得，我不能随便花掉。奎子说了，工地的工资不是很高，但每个月可以结一次，相比其他地方还算不错了。

我把自己的想法告诉奎子时，他一口答应马上带我去找工头相叔。因为农忙时期，工地缺人，相叔看了看我的个头，爽快地答应了，还因为我上过高中，他特别照顾我去仓库管理材料。

三

第二天，我就和奎子一起上工了。奎子是泥水工，很辛苦，他每天都得戴着安全帽站在高高的脚手架上砌砖。别看奎子年纪不大，但已经出师两年，完全可以独立了。初秋的太阳依旧炙热，火似的传出股股热浪。

材料库在工地的最左边工棚里，很宽敞也很杂乱，里面堆放着各类型号的钢筋、推车，还有叠豆腐干似的大堆水泥。材料库原来是相叔的弟弟在管。我接手后，想当面和他一起把物品点清楚。找过他几次，他却一次次推说没时间。我估计这里面可能有问题，于是在相叔来巡察时，我和他说起了这件事。相叔思忖片刻，让我着手把物品先清点一下，傍晚把单据交给他。

晌午时分，相叔的弟弟骑着摩托车从外面回来，看我忙着清点物品，有些恼怒地骂："谁让你清点的？你是不是吃饱了撑的？"我没理他，初来乍到，我可不想替人背黑锅，这材料库一定得清点，要不，我宁愿到脚手架上挑砖块。见我没理他，相叔的弟弟怒气冲冲地跑进来，他使劲地推了我一把，没防备，一个趔趄，我一头撞到推车手把上，额头上碰出了血。“你干吗?”我叫嚷起来。年轻气盛，我站起来后，也趁他不备时一下把他掀翻在地，还在他头上猛揍了两拳。

工友们跑进来拖开我们时，我和相叔的弟弟都挂了彩。我额头上的血流了一脸，他也浑身血迹斑斑。我清点出来的单据早被他撕烂。奎子从高高的脚手架上下来时，我已经在相叔的办公室。

“我猜想这材料库可能有问题，想盘点清楚，他百般阻拦，刚才见我已经在清点后就进来打我……”我如实说。他耷拉着脑袋，手捂着伤口，一直没说话。我瞥了一眼相叔，他一脸端凝，抽着闷烟。我突然想到他们是亲兄弟，想到了他的为难，于是说：“我想，我还是走吧！那材料库你自己清点一下。”我留了台阶给相叔下。聪明的他一下就明白，没有挽留我，只是算足了一个月的工资给我，让我休息几天再去找其他工作。

在伤口愈合前，我幸运地在园中园酒店找了份服务生的工作。我想我是该自己独立，既然出门打工就得自己面对。

只和奎子一个人告别，我离开了仅待了12天的工地。望着高高的脚手架，我默默离开，心里没有喜悦，也没有忧伤。

四

酒店的制度很严，开始的半个月里，我每天和一群新招聘的服务生一起练习托盘、微笑、走路，很无趣的几个动作一直重复。对着镜子微笑，笑得脸部肌肉都抽搐。托盘更累，开始几天，手腕酸得不会端碗吃饭。

正式上岗后，倒也游刃有余，还别说，真得感谢那半个月

的强化训练，站姿、坐相、走路颇有几分专业人员的味道。穿上西裤、皮鞋，套上白衬衫、打上领结，再配上那套绛紫色的马夹，连我自己都感觉有几分帅气了。

一天晚上，相叔和奎子一起来找我。奎子说，相叔的妹妹新开了一家酒店，正想找一个大堂经理，他想请我去。

我奇怪地望着相叔。相叔微笑着点头，说："你愿意去吗?"我突然就想起他的弟弟，说："不大好吧，你弟弟不会欢迎我的。""呵呵，你还记得那臭小子，没事，这是我妹妹的酒店，和他无关，当我妹妹问我有没有适合的人选当酒店大堂经理时，我第一个想到的人就是你。"

"为什么是我?"我好奇地反问。

"你做事很认真，有原则，而且待人不卑不亢，是做大堂经理的最佳人选。"相叔说。从他的目光中，我看到了真诚的邀请，于是想了想，说："那要给我一点时间，我得先跟老板说说，辞去这边的工作再过去。"

相叔肯定地点头。他离开后，奎子留下来。奎子说："小杰，相叔很欣赏你，好好干，你比我有出息。"我笑，很感激奎子把我带出来。

奎子还告诉我，相叔把他弟弟开除了，现在一家工厂做鞋子，那次我离开后，相叔亲自清点了材料库，真是不查不知道，一查吓一跳，他弟弟居然背着相叔偷卖了不少钢材和水泥。相叔当时很后悔让你走，他说你办事他放心。

五

后来的事情发生得很突然，连我自己都始料不及，有点像电影里的"天降大喜"。

在我向酒店递交辞呈那天中午，我接到了父亲从老家打来的电话。他告诉我一个喜讯——一所中专学校录取了我，离报名时间还有半个月，他要我赶快回去准备准备。

我出门打工已经有两个月时间了，我没想到，居然会有一纸通知书寄给我，让我继续读书。虽然只是一所普通中专，但我还是充满喜悦。能继续读书，谁会愿意去打工呢？

我匆匆打点好行囊，当天下午就跑去找相叔。在工地，我遇见了奎子，他说，相叔不在。我把我的喜讯告诉了奎子。奎子说他要好好为我庆贺一下。我欣然接受。

第二天上午，我还是没有等到相叔，只好给他留下一封信。我说明了我离开的原因，并且感谢他在这个陌生城市里给予过我的帮助，他曾经对我的认可，我会谨记在心里。

离开泉州时，我无限深情地回望着这个繁华的港口城市。汽车在飞速地行驶，上高速路时，我再一次看见了那片蔚蓝的海湾，晌午的阳光下，浮光跃金，鸥鸟翻飞。

载于《情感读本·意志篇》

年轻的时候，总是天真地认为外面真好，所以一心想去外面。后来发现，现实真的很残酷。人总是在经历后才能长大。

生活从来不是一种选择

文/安一朗

青春是人生最快乐的时光，但这种快乐往往完全是因为它充满着希望，而不是因为得到了什么，或逃避了什么。

——托·卡莱尔

一

林萧雅是实验高中一年级的学生，班上的同学都称赞她是“运动会专用品”，因为她的爆发力特别好，身材修长，步间节奏快，蝉联了三次市中学生运动会的100米、200米冠军，是校长钦点进入实验高中的体育特长生。

实验高中是省重点中学，升学率在全省名列前茅。因为有着许多特长生夹在其中，在其他领域也时常有学生获得不错的成绩。用班上同学的话说，林萧雅能进实高，全凭她那双“飞毛腿”，校长指望她在省运动会上争金夺银，为学校争光。林萧雅自己也是这样想的，她都规划好了，跑步是她的天赋，她要靠着这双腿跑进体育大学的校门。

然而，天有不测风云。林萧雅在运动会前期的训练中不仅拉伤了腿部肌肉韧带，而且脚跟腱撕裂，医生宣布她再不能进行激烈运动，要不，以后会留下残疾。林萧雅傻了，她的“飞毛腿”再也不能跑了，她还是林萧雅吗？校长和班主任一脸惋惜，但他们还是宽慰正沉溺于痛苦中的林萧雅，让她听从医嘱，安心治病。

二

班上的同学轮流在放学时到医院陪林萧雅，给她补课，讲笑话给她听，大家想尽一切办法逗她开心。可是林萧雅想不开，这个“运动会专用品”再也不能发光发亮了，她凭什么再留在实验高中呢？其实她不想走，但她感觉自己留下了，也只能是实高的负担。她的文化课成绩一般，在特长班里也就中等。

细心的班长卢月看林萧雅整天眉头紧锁，唉声叹气，知道她一定有心事，于是循循善诱，终于让她说出了心里话。“卢月，你知道的，我们能进实高，凭的是我们的特长，但现在，我的特长没有了，我的高考还有戏吗？”林萧雅难过地说。

卢月听了，心也随之纠结起来，是呀，特长班的学生，如果没有了特长，凭什么赢过别人呢？她静默地想着，一时也没有主意。空气在一瞬间似乎凝固在两个人中间。

“林萧雅，要不你继续画画吧！”进来的是杨洁如，她刚听到了她们的对话。杨洁如小学时和林萧雅在同一间画室学过几年的画画，如果后来林萧雅不是身体条件好，被体育老师选去练短跑，估计现在还和她一起画画呢。杨洁如清楚地记得当年林萧雅画画很有天赋，常被画室的老师表扬，那时，她还很不服气呢。

杨洁如提起往事，林萧雅才记起自己确实在很小的时候学

过几年画画，后来练了短跑，画画就被搁在一边了，只是偶尔依旧会信手涂鸦。林萧雅的心动了，她想，或许上帝在关上一扇门的同时，又为她打开了另一扇窗。

三

林萧雅找到了自己前进的方向，脸上又重新绽放出笑容。还在医院，她就让杨洁如帮她准备好了各种素描书和画具。她如饥似渴地大量阅读各类绘画技巧的书籍，她说她要把以前损失的时间补偿回来，她还对着石膏像画了很多的素描作品。

出院后，林萧雅在杨洁如的陪同下，一起去画室报了名。她决定一切重新开始。

林萧雅投入了巨大的热情，腿伤的阴霾一扫而空。当然，她也没有忘记文化课的努力。画画、学习，林萧雅过得充实而自信。班上的同学，见林萧雅重拾快乐，也为她高兴。

“你画的是什么呀？乱七八糟的。”一天在画室，林萧雅在画画时，一个还在读小学的学弟，站在她边上看了一阵后说。

“去去去！有你小孩插嘴的地方吗？”杨洁如不悦的把那小男孩赶走。

林萧雅愣住了，她停下笔，看着自己画了半天的素描作品不语。这是一幅她自己很满意的画，却被一个小学弟说成“乱七八糟”，她的心乱了。

“别理他，那小屁孩懂什么呀？林萧雅你是最棒的。”杨洁如安慰她。其实经过几个月的时间，杨洁如已经知道林萧雅当年的绘画天赋已经在流逝的时光中湮没了，她心里急，但她又不能如实告诉林萧雅，怕在她的伤口上再撒上一把盐。她要的只是重拾自信，杨洁如对于自己提议林萧雅重新学画画感到后悔过，但她没有退路了，只能自欺欺人地安慰自己。

“萧雅，我记得你当年漫画画得好，老师说你很有创意，要不，你主攻漫画。”杨洁如说，她退了一步，语气里也少了以往的坚定。

林萧雅默默地注视着自己的画，思绪游离。素描？漫画？是呀，记得当年的老师是曾夸过自己的漫画很有创意。要不，就主攻漫画吧？林萧雅想，刚刚被打击的自信又慢慢复苏。

漫画或许真的更适合林萧雅吧，她看着自己笔下生动的画面，也觉得自己更适合学漫画。那个时候，美少女漫画家夏达的故事正被宣传得如火如荼。或许几年后，我也会成为第二个夏达，林萧雅美美地想。热情一发不可收拾，除了学习，她把所有时间都用来创作漫画。

卢月见到林萧雅如此拼命的势头也为她高兴，毕竟想做好一件事，热情的心态是非常重要的。但杨洁如却又开始担心，凭她多年学画的经验，她知道林萧雅走的是一条死胡同。说还是不说呢？杨洁如矛盾不已，是她提议情绪低落中的林萧雅重新学画画的，也是她提议她主攻漫画，现在又再告诉她，她不适合漫画，她会不会以为我在捉弄她呢？杨洁如如坐针毡，她犹豫了很久，还是把心里的想法告诉了卢月，让她帮忙拿主义。

卢月相信杨洁如的判断，大家的出发点都是为了林萧雅好，但否定别人梦想的话，怎么说出口呢？

杨洁如考虑了很久，她捧着一颗为林萧雅负责的心，推心置腹地与林萧雅进行了一番谈话，结果不出意外，两人不欢而散。林萧雅觉得杨洁如开始小心眼了，一定是害怕自己在画画上超过她，所以百般挑剔，一会儿让她画素描，一会儿让她主攻漫画，现在居然让她不要再画了。她想好了，自己就走创作漫画的路，一直走下去。自从明确知道自己再不能在跑步上取得辉煌后，画画是她最后能够找到自信的地方。

四

卢月见杨洁如的说服工作出师不利，犹豫时，突然想起自己的舅舅，他可是省里的大画家，要不，请他帮忙看看林萧雅的画，这样更有说服力。

在卢月的努力下，林萧雅同意和卢月一起去找她的舅舅。其实林萧雅也正需要一个专业人士来肯定自己的画作，要不，听了杨洁如的话后，她的自信心又有些动摇了。她知道杨洁如没有恶意，但是自己的人生选择一次次被更改，让她感觉特别茫然。以前，她以为自己一定能凭着这双腿跑进体育大学的校门，但后来脚受伤了，她以为自己完了，是杨洁如建议她重新画画，让她找回了自信，可是在她以为自己真的可以在画画中找到出路时，杨洁如却又打破了她的美梦。这种不着力的彷徨让她六神无主，心里烦躁不安。

林萧雅特意选了几张自己很满意的漫画作品，跟着卢月去找她的舅舅。为了得到最真实的评价，两个女孩商量好，只说是她们同学的作品。

卢月的舅舅慢慢翻阅手中的画稿，半晌，他问："这真是一个高中生的作品?"卢月点头说是，林萧雅却是屏住呼吸，心跳骤然间急速起来。"她是不是刚学漫画呀？一点功底都没有，如果你不说，我还会以为是小学生的涂鸦之作呢，没什么水准。"卢月的舅舅说完，又继续盯着画稿。

林萧雅的心瞬间拔凉拔凉的，这可是她最得意的作品，却被说成小学生的涂鸦之作，而且他还一眼就看出我刚学漫画……林萧雅难过地闭上眼。

“倒是漫画的配文写得不错，很有些意思。卢月，你这同学的文字感觉很好。”卢月的舅舅微笑着说。

“文字感觉？舅舅，你觉得我这同学有写作的天赋吗？”卢月惊喜地问。

“有没有写作天赋我不知道，但从这几张漫画上的配文来看，她的文字感觉很到位，风趣幽默，看了让人开心。”卢月的舅舅说。

林萧雅也听见了，她抬起头，呆呆地望着卢月的舅舅，脸上充满了喜悦，心里却依旧忐忑，她张着嘴，嗫嚅着，却不敢问。倒是卢月兴奋地大叫：“萧雅，我舅舅说你文字感觉很好，要不，你以后往这方面发展。”

“叔叔，我真的没有画漫画的天赋吗？”林萧雅艰难地问，她一定要听到答案才死心。

“仅从这几张画作上来看，潜力不大，作为业余爱好无可厚非，但想走专业的路就难了。艺术的东西，仅靠努力是不够的，一定得有天赋才行。倒是上面的文字显示了不俗的功力。”

听完卢月舅舅的话，林萧雅愣住了。这些道理她明白，但一时也有些迷惑。自从脚受伤后，她一直就兜兜转转，不知自己该选择哪条路。

五

回学校的路上，林萧雅默不作声，她突然很讨厌自己的不坚定，每次遇见一点困难就想打退堂鼓。脚受伤不能跑步了，

她想学画画，素描不成，她选择了漫画，可是现在漫画不成，她又开始做起作家梦。一次次改变初衷，这是一个追求梦想的人该有的态度吗？

在卢月的抚慰下，林萧雅说出了此时心里的想法。她说：“卢月，像我这样一改再改初衷的人，是不是很不应该？”

明白林萧雅心里所担心的问题后，卢月反倒是放心了。她真诚地说：“萧雅，生活从来都不只有一种选择。就像你当初说的，上帝关了你一扇门后，他自然会为你开起另一扇窗。既然你不能再跑步，而画漫画只适合你当成业余爱好，那为什么不在写作上试试呢？付出同样多的努力，如果有天赋作为基础，是不是可以取得更大的成就呢……”

在卢月的开导下，林萧雅的心思一点点明晰起来。同样是梦想，为什么不试试呢？无论如何，努力才是第一重要，当然找到了方向，就可以“事半功倍”。

突然想到杨洁如，林萧雅的脸莫名地涨红起来，她知道自己得去找她了。拨正一个人的方向需要莫大的勇气，但杨洁如做到了，虽然出力不讨好。想着大家对自己的关爱，林萧雅心里暖暖的，她迎着灿烂的阳光，一路走得欢快。

载于《中学时代》

我觉得能认识你，有点儿像某个极低概率的奇迹。既然自己的年龄中还没有太多其他的纷扰前来打搅，青春在拖沓的节奏上，总会为这样的情怀而奏出激烈的强音。

谁是你的贵人

文/庐江布衣

你自己就是生命中最重要的贵人。

——谚语

那一年，我还小，十三四岁的样子。村里来了一位卜卦的瞎子，母亲为我卜了一卦。瞎子说我少年多磨难，母亲听了，一脸的紧张。好在瞎子接着又说，不过也不要紧，关键时候会有贵人相助的。

在我清澈而懵懂的眼神中，从此有了一份默默的期盼，我在等待着一位身着五彩华衣的贵人从天而降，给我带来幸福安康的生活。

然而，这位贵人一直没来，倒是“少年多磨难”让瞎子说中了。父亲突然得了重病，我只好中断学业，来到了一个南方的小城，在一家装饰公司做一名清洁工。

公司很大，楼上楼下几十间屋子，随时都要保持清洁，工作量很大。一同做清洁的，还有一位六十多岁的老阿婆。阿婆很老了，因为有个儿子在一个遥远的城市读大学，这才不得不出来打工。累极的时候，阿婆就不住用手捶着自己的腰部。

看到阿婆这么劳累，我真不忍心。为了照顾她，我每天提前两小时来到公司，迅速地打扫好卫生。等到阿婆来的时候，

我已经做完了全部的工作。阿婆感激地朝我笑笑，然后就拿着抹布一张一张地去擦桌子了。

私下里，阿婆跟我说了许多感谢的话，我安慰她说，我年轻，又是庄稼人出身，做这点活，小菜一碟而已，边说我边挺起胸膛扬扬胳膊。阿婆便慈眉善目地笑了：真是个好孩子。

就这样，过了两年多，我早已长成一个壮实的大小伙子，再做清洁工已不合适了，我便下工地成了一名装饰工人。没多久，阿婆也回家了，听说她儿子毕业了。

工地上，虽然赚钱多点，却比清洁工累得多。常常一天下来，回到工棚往床上一倒，连吃晚饭都不想起来，浑身就像散了架似的。吃得也很差，几乎不见油腥，才一个多月，我就瘦了一圈。我咬牙坚持着，幻想着有一天，能在这个城市，拥有一块立足之地。

半年后，我生命中的贵人终于降临了。

他姓魏，是公司新来的副总经理，三十岁不到的样子，听说还是MBA毕业的。他找到了我，说有一个小工程想包给我干，让我去组织几十名工人。打工的谁不想当包工头，可惜我哪来的启动资金呢？魏经理拍着我肩膀温暖地微笑：好好干！资金问题你不用担心，我让财务室预支给你。

就这样，我成了一名包工头，为了报答魏经理，我严格按照相关规定施工，工程质量完成得很好。一年下来，我的施工队成了公司里最优秀的施工队。魏经理更加照顾我了，一有工程就发包给我。才两三年的时间，我就在这个寸土寸金的南方城市买下了自己的住房。

我非常感激魏经理，一次酒席上，我动情地举着杯敬魏经理：“你就是我的贵人，是你改变了我的命运。”

“改变你命运的其实是你自己，要不是你的工程质量过关，我也不敢把工程包给你啊。”他紧握着我的手，眼睛里闪着清澈的亮光，“另外，我还要告诉你一个秘密。还记得那位搞卫生的阿婆吗？我就是她那个在远方读大学的儿子。她一直叮嘱我，要是有机会，一定要好好报答你。”

那一刻，我被深深震撼了，原来万事皆有因果，根本没有无缘无故的贵人。我一时的无心之举，竟然成就了我的人生。

职场上，生活中，不会有从天而降的贵人，但是只要心存善念广行善举，我们自己便是自己的职场贵人！

载于《文苑》

没有无缘无故的爱，当然也没有无缘无故的恨，一切自有定数。你种下什么样的种子，就会收获什么样的果实。

黑夜独行

文/孙开元　编译

勇敢里面有天才、力量和魔法。

——歌德

故事发生在1953年，那时候我还是个大学生，在学校外面租了一间房子住。一天夜里，我外出回家，天已经很黑了。我的住处离学校有两个街区，按理说不是很远，我走过很多次。

可是这段路没有路灯，晚上独自行走，这段路于我，就成了一段漫长的路程。那天晚上10点，我从图书馆坐公交车回来，下车后往住处走，胳膊上夹了几本书，肩上挎着个系带钱包。

我的女房东那几天在一家医院里值夜班，所以在这个钟点，那所房子和街上的其它房子一样，漆黑一片，看不见一个人影。

房子四周一点儿动静都没有，大门关着，在很远的地方才能隐约看到有一盏街灯。我那些天脑子里乱糟糟的，一直在琢磨着写论文的事，我应该选什么课题？教授是欣赏它还是扔了它？

忽然，我看到一盏汽车的车灯朝我移了过来，一辆小汽车正在街道的另一侧缓缓行驶着。汽车和我并行时，我看到了里面的司机，是一个男人，黄头发。我继续往前走，那辆车减了速，然后停了下来。

我听到了关车门的声音，几秒钟后，我听到身后传来了脚步声。我没停住脚步，也没敢加快步伐，因为我不想引起陌生人的注意。身后的人也许是去附近的哪个房子拜访一位朋友。再者说，现在我急又有什么办法，逃跑？我一个弱女子，肯定跑不过一个男人。

我只有伸手去钱包里拿房门钥匙，我心里胡思乱想着：我走到房子跟前，上了楼，来到走廊，摸黑找出了钥匙，插进了门上的钥匙孔。这时身后的男人也跟着上了楼，伸出一只手捂住我的嘴，把我按倒在地，扔了我的书，把我钱包里的东西抖在地上。他嘴里嚼着口香糖，可出气时嘴里还是冒着臭气。四周没有人看到我们，他一边按着我，一边还对我动手动脚，威胁着说："老实点儿！老实点儿！"

我有些六神无主了，我想像出的情景逼真、可怕，让我无法忍受，我不敢再想下去。

我停下了脚步，我不愿让想像的可怕情景成为现实。

我转过身，等着他。我等待着、等待着，直到他走到了我站着的地方。我身边没有任何可以让我用来保护自己的东西，只有脑子里想着该怎样摆脱危险。

他离我近了、更近了。我能看到他的眼睛了（或者说，我感觉自己是能看到了）。

"希望你放过我。"我对他说，这不是一句任由他来回答的问题，也不是一声大喊大叫。我的声音不高，像平时说话一样，情况再可怕，也不会比我想像得更可怕。

他停下来，犹豫了一会儿。

“我不想找你麻烦。”他小声说了一句，然后就转过身，朝他的汽车走了回去。

虽然这件事对我来说很重要，让我增长了很大的经验，但是对别的遇到类似险情的人来说也许并不一定适用。面对歹徒是一件危险的事，可能意味着要流血，甚至是付出生命。我们每个人都有自己的应对方式，但是对于我、一个年轻的学生来说，我当时一方面想像到了危险，另一方面又运用了自己的智慧和勇气，是这两点让我摆脱了危险。在那个漆黑的夜晚，我没有选择逃跑。

载于《知识窗》

在我很小的时候，放学要走夜路，一个人的时候，我就学会了克服恐惧，勇敢迈步。那是自己与自己抗争的过程，勇敢点儿，就走过去了。

当别人都哭时，你可以不哭

文/李良旭

我们每个人都有不同的沸点。

——拉尔夫·沃尔多·爱默生

吉利是个十分聪明、可爱而又有些调皮的孩子，小小年纪，他就会组装各种电动玩具。他组装出的大吊机玩具车，臂长能伸2米多，能轻松吊起一个电饭锅。母亲见了，直呼，我的儿子太厉害啦，快能把你妈妈吊起来了。说罢，在吉利的额头上，印上了一个深深的吻痕。

吉利有些羞涩地摸了摸自己的额头。他想，要是真能设计出一种能把妈妈吊起来的大吊机玩具，那可真厉害了。

当别的孩子被家长送去学钢琴、学舞蹈、学音乐时，吉利却呆在家里，静静地组装他的各种电动玩具。他的一间小卧室里，摆满了各种电器原配件。母亲看到他房间里总是乱糟糟的，就会经常帮他收拾房间，如果两天没收拾，房间里便会无从下脚。

母亲虽然帮他收拾房间，但常常会招来吉利的强烈抗议，说是弄乱了他的东西。母亲看到儿子严肃的面孔，用手抚摸着他的头，轻轻地叹了一口气，那满是爱怜的目光里，流淌着缕缕慈祥和温暖。

上学了，吉利的书包里，总是比别的孩子多了一种东西，显得鼓鼓囊囊的：一些电器原配件，他的书包因此被同学称之为“百宝箱。”班上的女同学丽莎骑的自行车经常坏，多亏了吉利帮她修理，才使得她骑得顺利。一次，丽莎上学骑到半路上，自行车链条掉了，眼看就要迟到了，急得丽莎直跺脚。几个同学见了想帮忙，可一个都不会。

这时，吉利从后面赶了上来，见此情景，马上从书包里掏出工具，很快就将链条弄上去了，还把链条重新紧了紧。他对丽莎说道，以后这链条再也不会掉下来了。

丽莎高兴地拥抱了吉利，说道，吉利，你真是我最崇拜的人！

吉利有些羞涩地摸了摸脑袋，脸上飞起两朵红霞，映红了天空。

老师将吉利的母亲喊到学校，向他母亲告状，说吉利学习不太好，而且他的桌洞里堆满了电器原配件，这样下去，将来怎么考上大学？上不了大学，还怎么能找到一个好工作？现在大家都在拼命学习，就是为了将来能上大学，找个好工作。老师叫吉利的母亲给吉利请个家教，给他好好辅导一下。

母亲回到家，眼圈红红的，吉利忐忑不安地望着母亲。母亲看到吉利明亮、清澈的眼睛，心中顿时溢满了一缕柔软。她伸出手，抚摸着吉利的头，充满爱怜地说道，孩子，老师夸你呢，说你很聪明，设计出的电动玩具很厉害！

吉利抬起头，将信将疑地问道，是吗？

母亲扭过头去，用手抹了一下眼睛，然后轻轻地说了句，孩子，当别人都哭时，你可以不哭，这没有什么不好。

听了母亲这句话，吉利用手抓了抓脑门，有种疑惑和不解的神色。

吉利给班上设计出自动黑板擦，减轻了老师许多劳动，也提高了老师的讲课效率。其他班上的老师纷纷赶来参观，直夸这个设计很有独创性，他们还邀请吉利给他们班也设计了一个这样的自动黑板擦。

吉利每天都很忙碌，但他脸上溢满了兴奋和快乐。

老师又将吉利的母亲喊到学校，老师气愤地向吉利的母亲告状说道，吉利考试成绩在班上又是倒数，这样下去，考大学是很困难的。

母亲回到家，吉利忐忑不安地望着母亲。母亲眼圈红红的，但她依然伸出手，充满爱怜地说道，孩子，老师夸你呢，说你设计的电动黑板擦成了老师的骄傲呢。

吉利抬起头，将信将疑地问道，是吗？

母亲扭过头去，用手抹了一下眼睛，轻轻地说了句，孩子，当别人都哭时，你可以不哭，这没有什么不好。

听了母亲这句话，吉利微微一愣，他看着母亲，眼睛顿时湿润了。

中学毕业后，吉利上了一所职业技术学校。他回到家，有些内疚地告诉母亲，妈妈，我们班上有许多同学都考上了大学，我只考了这所普通的职业技术学校，您生我的气吗？

妈妈笑道，孩子，你能上这所职业技术学校，也很了不起啊！孩子，当别人都哭时，你可以不哭，这没有什么不好。

母亲又说了这句话，吉利听了，心里猛地一震。那一刻，他仿佛对母亲说的这句话有了一定的理解。他走到母亲跟前，轻轻地拥抱着母亲，顷刻间，泪水悄然滑过面颊。

在职业技术学校里，吉利更是发挥了自己的特长，他研究出许多小发明、小创造，他成了老师的骄傲，同学们学习的榜样。他还被聘为“编外”老师，经常给同学授课。

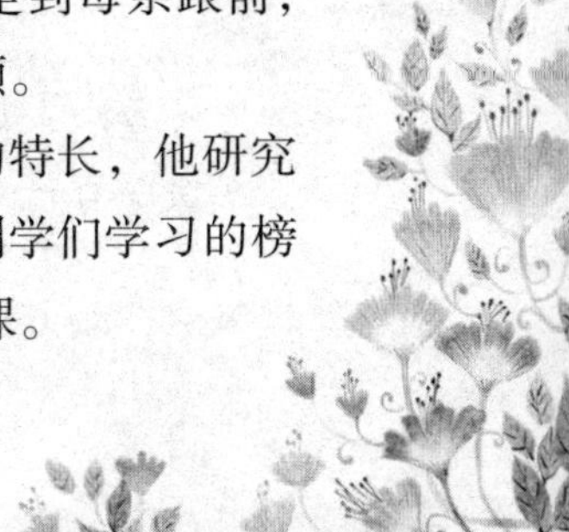

老师把他母亲请到学校，紧紧地握住他母亲的手，激动地说道，感谢您培养出了这么一个聪明、伶俐的孩子，他真是我们全校同学学习的榜样啊！

母亲听了，仿佛再也控制不住内心的情感，禁不住潸然泪下……

几年后，他当年的许多同学大学毕业后，还在为找工作四处奔波时，吉利已成为美国著名的波音公司的高级工程师。

当年的中学母校邀请他回校给师生作报告，向同学们讲述他成长的经历。

在演讲中，吉利深情地说道，我曾经是一个不被老师看好的另类学生，老师常常将我母亲喊到学校训斥。我知道，那一刻，母亲的心里一定如万箭穿心。可母亲回到家，总是对我说道，孩子，当别人都哭时，你可以不哭，这没有什么不好。渐渐的，我明白了一个做母亲那颗包容、慈爱的心灵。我就是在母亲这种包容、慈爱的关怀下，做着我喜欢的小发明、小创造，我一直在快乐地成长着……

吉利的演讲，给全校师生的心灵带来了一种绵绵不绝的回味和思考，许多人眼里流下了激动的泪水。

不久，校方将原来的校训改为这样一句话：当别人都哭时，你可以不哭。

载于《初中生学习》

每个人都是与众不同的，我们不要一味地去模仿别人而丢失了自己，要对自己充满信心。

天使住在我楼上

文/赵丰超

世间没有美丽的天使，只有善良的女人。

——何炅

一

那年初中毕业后，我如愿考上了县城的高中。新学期到了，那天母亲为我准备了酱豆、咸菜、挂面，并把一个个鸡蛋塞在米袋里，以防碰破。我背着大包小包的粮食，来到了向往已久的学校。

校园里都是报到的新生，他们都在家长的陪同下欢呼雀跃着。令我奇怪的是，他们根本就没多少行李，更没有装满粮食的蛇皮袋子。我惊慌起来，我的屁股上还有两个补丁，我该怎样掩饰那贫穷的伤疤呢？曾经以成绩自负的我，猛然尝到了自卑的滋味。我低着头，顺着墙根，尽量给别人留下侧影，一溜烟儿闪进了宿舍。

可是，刚进宿舍楼大门，宿舍管理阿姨就拦住了我。她把我背上的蛇皮袋子取下来，一样一样检查，一看到粮食，就变了脸色，声色俱厉地说“这是宿舍，不是食堂，宿舍里不准

起灶做饭。”我一下子蒙了，茫然地看着她，如果不让起灶做饭，我该吃什么呢？这时，旁边已经挤来很多报到的同学，我窘迫地低下头，生怕他们记住我的脸。

“先把这位同学的粮食放我宿舍吧。”一个清脆的声音响在耳际，我抬头便看见她，而她也正打量着我。她拿着书，像是老师，正要回宿舍的样子。她又提醒说“来，我帮你提一袋。”我才回过神来，我已经说不出那一刻心中有多感激，但我的眼泪已经濡湿开来。

四楼是教师宿舍，是学校专为教师配备的公寓，有厨房、卫生间、卧室，还有一个小客厅。她住在四楼偏角的位置，而我的宿舍就在三楼，也在偏角的位置，她就在我头上。我把粮食放在厨房里，然后向她深深鞠了一躬，算是表达我说不出的感激。她却只是笑笑，“你去忙别的事情吧，这个事情回头再说。”

我办完入学手续，就匆匆向食堂跑去。我希望能够把粮食交给食堂，换来饭票之类的东西，这样既不用在宿舍做饭，也能解决吃饭的问题了。可是食堂的负责人却说，饭票是有，但是食堂只收现金，不要粮食。我愣在那里，不知该怎样开始我的高中生活。已经历练过十几年的农村生活，我不是不坚强，可是那一刻，我还是忍不住自己的眼泪。

回到宿舍后，我躺在床上，看着天花板。我知道她就在楼上，就在我的头顶，粮食还放在她的厨房里，她会怎么想呢？

我一遍遍鼓起勇气，终于来到四楼，敲响了她的门。她打开门，高挑的她半弓着身子，几乎与我等高，她微笑着问：“都办好了吗？”我点点头，可是不知怎样把食堂的事情告诉她，我感觉，这是十几年来我所遇到的最棘手的事情。我试着张了几次嘴，可是话到嘴边还是咽了回去。

或许她已经看出我的心事，是的，她怎会不知道食堂的规矩呢？

她说：“粮食就放我这吧，如果你愿意，以后你可以在我的厨房里做饭。”说完她就取下一把钥匙给我，并且告诉我不用重置灶具，用她的就行。

那是世界上最悦耳的声音，字字珠玑，点点震颤着我的心，至今想起还是热泪盈眶。我接过钥匙，只觉得有千斤重，除了信任，这把钥匙里还装着许多东西。我拼命点点头，又是深深一躬。就在一躬到底时，眼泪已经四溢开来。

无论如何我也想不到，我的高中竟以一日三次流泪开始。

二

第一节语文课时，我看到她拿着书，慢慢走进我们的教室。她竟是我的语文老师，她竟是我的语文老师！我在心里对自己说了无数遍。当我们起立向她致敬时，我的躬比所有同学都深，鼻尖碰着桌面了才停下来。而别的同学都坐下时，我却还呆呆地站着。

她看着我说：“那位同学要站着上课吗？”同学们一阵哄笑，我才回过神来，窘迫地坐下来。那节课之后，我就爱上了语文课，语文成绩也特别好。

可是，以后的日子里，每当我下课后匆匆跑回宿舍，准备做饭时，她却已经做好了饭菜，邀我一起吃。刚开始，我执意不肯，允许我在她的厨房里做饭已经是对我莫大的帮助，我又怎能“得寸进尺”呢？她在客厅吃饭时，我就在厨房里忙活着，下好面条后，就在厨房里匆匆解决掉，根本不去客厅，根本不敢见到她。

有一天，我正在厨房忙活，她却端着饭碗，趴在厨房的门上说“这样也很浪费煤气的，反正我已经做好了，你不吃也是浪费啊。要是你觉得我亏了，以后就用你的粮食好了。”我呆在那里，不知道说什么才好。从那天开始，我就和她对座吃饭。可吃饭时，我从没敢抬头看她，吃完后就匆忙收拾碗筷，总不能再让她刷锅洗碗啊！

后来，我终于知道，星期三中午她上课到十二点，与我一起下课。我就记在心里，下课后，飞快地跑回宿舍，拿出米袋里的鸡蛋，还有她买好的西红柿，做一道西红柿炒鸡蛋。当她回到宿舍时，我已经在炒菜了，她就帮我淘米、蒸米饭。吃饭时，她不停地夸我，烧的菜比她好，而我的确觉得那是我烧的最好的一道菜。

每天晚上，我躺在床上望着天花板，总在想，一定是上帝厌倦了我的贫穷，才派来一位天使帮助我。她就在我的头上，像一个光环般照耀我、引导我。我希望她是我的姐姐，我永远不要长大，她永远不要老去。

可是，三年时光真的很快，似乎只是几顿饭的工夫，就匆匆结束了。那天，我把钥匙还给她，并告诉她，高考已经结束，我要去工地上打工，回来之后，我要请她到最好的饭店吃一顿。她仍是微笑着，爽快地答应了我。

两个月后，我拿着大红的录取通知书，以及一叠散发着汗味的钞票，到学校的宿舍去找她。我想，她看到我的录取通知书，一定会很高兴。我要请她到最好的酒店——杏花村，吃一顿。

可惜，她不在宿舍，那扇我进出了三年的门，紧锁着。我悻悻地下了楼，心里是说不出的失落。我问管理阿姨，她什么时候走的？什么时候回来？管理阿姨却说“她啊，她再也不会回来了，她结婚了。都快三十岁了，再不结婚就老了。上学期刚结束她就搬走了，有了新房子，干吗还要住在宿舍里啊?”

我突然明白了，或许她之所以迟迟没有结婚，只是为了给我提供一个可以做饭的厨房吧。我握着手里的通知书和钞票，眼泪又涌出来了……

载于《做人与处世》

有些爱一直在，可是自己却难以发现。有些人一旦离开，就再也寻不见了。感谢一路上那些好心人吧！

你不坚强，流泪给谁看

文/阿　杜

天行健，君子以自强不息。

——《周易》

弟弟，虽然我们天天生活在同一个屋檐下，虽然我只是大你几分钟的姐姐，但是我并不了解你，作为姐姐的我觉得自己挺悲哀的。看你天天沉溺在自己的世界里，我觉得我有必要开导你。虽然我也有缺点，但是现在家里只有你一个男子汉了，自从咱们的爸爸出事后，你就只知道流泪，弟弟，你让妈妈以后依靠谁？

是的，作为龙凤胎姐姐，我一直就有抱怨，凭什么就因为我比你早出生几分钟，我就得当姐姐？事事得让着你？事事得照顾你？其实我也只是一个柔弱的小女生，不是吗？小时候，我们常常打架，那时我们都不懂事，让父母平添了多少劳累？我们一起来到这个世界上，这是多么难得的事，可是我们一直都不知道珍惜。我也有错，因为我一直不想当姐姐，当姐姐就意味着责任，当姐姐就意味着榜样。我曾恨过，为什么不是你来当“哥哥”，这样我就可以有依靠，可以在你面前撒娇了，毕竟大的总要让着小的。

弟弟，爸爸走了，我们全家人都很伤心难过，可是我们再

难过又怎么样？事情能够有新的转机吗？如果我们的泪水可以换回爸爸，我宁愿自己的泪流干，可是现在流干了泪又如何？我们都已经15岁了，该懂事了。我们要一起照顾好妈妈，重新找回快乐，并且充满信心地生活下去。可是弟弟，你拒绝了所有亲人的爱，用漠然面对这个世界的方式来面对我们，让我和妈妈不知如何是好。

你的难过，我懂，因为我和你一样难过。爸爸是我们依靠的“大树”，可是现在爸爸走了，我们应该互相依靠，不是吗？还记得小的时候吗？虽然我们常常打闹，但爸妈不在家时，你也有表现得特别乖巧的时候，你喜欢跟着我，喜欢做和我一样的事情，喜欢我把你当成一个小宝贝一样照顾……虽然都只是游戏，但现在想想，你应该一直都渴望被爱包围，被所有人当成焦点，被捧在手掌心上。可是时间在走，生活在变，我们在长大，我们终有一天也是要承担起责任，照顾我们的父母。就像现在，父亲不在了，妈妈伤心难过，我们当儿女的难道不应该首先坚强起来吗？让妈妈的心安稳一些，让她觉得我们已经长大了，是可以依靠和依赖的孩子，让我们身边的亲人都松一口气。毕竟，我们的人生需要我们自己走，没有谁可以庇护一生。

还记得小学时候发生的一件事情吗？有一次，高年级的一个男生在路上横冲直撞，他最后鲁莽地撞倒了我。身边的小女孩扶起我，拦住那个男生，要求他道歉，但那男生牛气哄哄，扬着脸昂首挺胸就是不肯道歉。我没想到，走在后面的你，见此情形后会迅速地冲上来，一把扯住那男生的衣襟说：“你撞倒了我姐，就该道歉。”虽然那男生比你高了半头，但你一脸倔强和坚定的神色，毫不畏惧。那男生见你比他小，根本没把你放在眼里，反而想挣脱你的手，两个人推搡着你来我往。我

怕你吃亏，就说："弟弟，算了，不和这野蛮人计较。""他做错了，一定要他道歉。"你不依不饶地说。那男生毕竟理亏，又被一群人拦住，而且最重要的是有你在保护我，他最后心不甘情不愿地道了歉，你才放开他。弟弟，你知道吗？你那个时候的样子真的像一个男子汉。回家的路上，你豪气万千地对我说："姐，以后我保护你，任谁也不能欺负你。"我信，真的，弟弟，我一直相信，你是可以保护我的。可是现在，弟弟，当初你说过的话，你还记得吗？那些话还算吗？希望你能坚强起来，做一个可以保护姐姐的男子汉。

爸爸还在时也常说，男孩子嘛，要坚强，不能轻易流泪。可是弟弟，爸爸的话，你还记得吗？你从他走后，就常常沉溺于网络游戏，以为这样就可以将自己麻痹，心不会痛楚。你没日没夜地上网，知道妈妈有多心疼吗？你是男子汉了，你长得那么像年轻时的爸爸，可是你有爸爸的风范吗？爸爸遇见问题时，从来不逃避。他曾说过，逃避是最无能的选择，唯有认真面对才能解决。弟弟，你选择了最无能的选择——逃避问题，以为这样事情就会随着时光的悄然流逝改变。真的可以改变吗？爸爸没了，这是你无论如何逃避都改变不了的事实。我们不是需要和妈妈一起面对吗？我们要给她温暖的抚慰，让她那颗痛苦的心不再受伤，让她单薄的身体也有信心面对未知人生的风和雨。

弟弟，你的做法太让我和妈妈失望了，我想九泉之下的爸爸一定更失望。你曾是爸爸的骄傲，但现在你整天沉迷网络，整天沉溺于自己的忧伤中。生活那么现实，如果你不坚强，流泪给谁看？

我们不需要同情，我们不需要把自己的伤心流露给别人看，我们要自己勇敢面对，我们要让妈妈放心。让她知道虽然爸爸不在了，但只要我们一家人相亲相爱，努力生活，一定也可以生活得很好。你说，这不也是爸爸最后的遗愿吗？

弟弟，你一直很聪明，我说的你早已都懂，但懂归懂，你要付诸行动。不要再沉迷网络游戏了，那会让你迷失掉自己的方向。把伤心埋藏在心里，把对爸爸的想念也埋藏在心里，不要再动不动就流泪了，我们唯有自己坚强，才是对爸爸最好的敬意。

我想，我们的爸爸也不喜欢我们整天泪流满面的样子吧？弟弟，我们一起坚强面对生活吧，我们的妈妈也会因为我们而欣慰。我们是一家人，无论面对什么事情，我们都可以携手一起走过。这世上，唯一的“救世主”就是我们自己。

载于《新青年》

没有人可以救自己，也没有人可以打败自己。坚强一些，你真的可以做自己的主人。

第六辑

有一种嫉妒叫仰望

她摇了摇头说，妈妈告诉我：当你比别人强一些时，会遇到嘲讽和冷落，不要被嫉妒的目光绊倒，只管向前奔跑。如果有一天，你站在一个更高的地方，他们对你只有仰望。到那时你会发现嘲讽也是一种激励。说罢，她轻轻地挽着我的手，一如当年。我浑身微微一震，心中多年的愧疚终于释然。

请尊重我的馒头

文/侯焕晨

尊重生命、尊重他人，也尊重自己的生命，是生命进程中的伴随物，也是心理健康的一个条件。

——弗洛姆

他是我初中时的同桌，瘦瘦的清白的脸，人很老实，不大爱说话。他家住在偏远的郊区，属于这座小城的贫困地带。

也许是家远的缘故，中午放学他不回家。学校有食堂，可一次也没有见他去过。他的午饭很简单，一个白面馒头，一根细细的咸黄瓜，一罐凉开水，天天如此。

冬天，每当第三节课下课铃声响起，他就从那个洗得发白的帆布兜里掏出用旧白布层层包裹的馒头，放在身旁的暖气片上烤热。而夏天，他走进教室的第一件事，就是打开白布把馒头放在书桌里，他是怕天气热馒头会坏掉。我们之间很少交流，自习课上，前桌后桌聊得热火朝天，而我们却很安静，他偶尔开口说话只是向我借橡皮小刀之类，之后又迅速转过头去，他的思想还像他身上穿的那件肥大的灰夹克一样陈旧。

班上有四个调皮的同学，整天无所事事，以欺负和戏弄同学为乐，老师也拿他们没办法。他不合群的个性引起了这四个同学的憎恶，四个调皮的同学经常变着法儿戏弄他，他都置之

不理。他平淡的回应更激起了这四个同学的愤怒，因为他们认为他孤傲，看不起他们。

一天早上，他刚走进教室，粉笔头便从四面八方飞来打在他的身上，脸上。我以为他这下一定会愤怒得大吼大叫，但他像什么事也没发生似的，很平静地抖抖衣服，挺直胸膛，走到座位上坐下了。第二天，依然如故。不过，这次四个同学发射的子弹是刚刚嚼过的泡泡糖。泡泡糖的黏性很强，粘到头发上不容易拿掉，从上午到下午他都在和粘在头发上的泡泡糖做斗争。我心里很为他鸣不平，忍不住对他说："你为什么不反抗？你为什么不告诉老师？"他淡淡地说："我没时间理他们，我还要学习。"我觉得这只不过是他的借口，他正在掩饰骨子里面的懦弱。

安静了几天，四个同学又卷土重来。那天下课后，他刚把馒头放在暖气片上，就被四个同学中领头的大强抢了去。大强把馒头当成了足球，飞起一脚馒头打在了教室的天花板上，又落在地上，滚到了讲台边。这四个调皮同学用轻蔑的目光看着他，他的脸由红变青、由青变紫，猛地站了起来，双手颤抖着，眼睛瞪得好大。突然他猛地一拍桌子："你们，你们太过分了！"大强还是嬉笑着，一副满不在乎的表情。"你们可以戏弄我，但是，必须尊重我的馒头！"他喊了起来。大强上前一步，身后的三个尾随者也凑上前来，教室里弥漫着浓浓的火药味。

他怒视着他们，一字一句地说："你们欺负我，我可以不在乎，因为早晚有一天你们会明白那是不对的。可是，请尊重我的馒头！你们应该知道，那是我的午饭。"大强一伙儿不动了，看着他。"我家全靠妈妈一个人操持，爸爸长期病倒在床上，本来我是应该住校的，本来我中午应该去食堂吃饭吃菜，可是我家里没有钱！在家里，只有我一个人可以吃馒头，我妈说上学不能缺了营养，我七岁的妹妹只能眼巴巴地看着！每天晚上，妈妈都用小锅在炉子上给我蒸一个馒头，只能蒸一个。一袋面粉可以蒸好多馒头，正好维持我一学期的午饭……”他说不下去了，眼里噙满了泪水。

大强一脸惭愧地低下了头。他擦了擦眼泪，离开了座位，大强一伙儿自动闪到了一边。他弯下腰捡起了那个已经裂开大口子的馒头，用手擦拭着，我清楚地看见大滴大滴的泪珠落在了馒头上。他擦得很认真，一遍又一遍。教室里响起了几个女生的抽泣声，那一刻，眼泪也滑过了我的脸颊。

第二天早上，他的桌子上堆满了食品，有汉堡包、面包、火腿肠……其中有一个醒目的半透明大塑料袋里装满了蛋糕，那是大强送的。他站起来向同学们鞠躬，教室里响起了震耳欲聋的掌声，“谢谢”两个字被他重复了几十次。

我们都明白，其实我们应该对他说声“谢谢”。那天，他用他的行为给我们上了永生难忘且有意义的一课。从那以后，我不再把自己的观点强加于人，不再挑剔家人为我做的饭，因为我知道每一个人都有他的自尊和坚持的一面，每一顿饭里都饱含着亲人对我们无限的关爱！

载于《读者》

那孱弱少年的敏感自尊，像是脆弱的花瓣，我们应该去小心地呵护，而不是去揭穿和质疑。

有一种嫉妒叫仰望

文/顾晓蕊

如果没有另一匹马紧紧追赶并要超过它，就永远不会疾驰飞奔。

——奥维德

那天的同学会上，苏小凡最后一个到场。她衣着光鲜，略施粉黛，举止谈吐间散发出优雅自信的气质，引得现场同学们一片惊叹。连我这位昔日的舍友都感到意外，这是当年那个略显土气的羞涩女孩吗？我的思绪飘回到多年前。

进入高中后，由于离家较远，我寄宿在学校。宿舍里有六个女生，小凡就住在我的下铺。

我从小受到父母的疼爱，很少自己动手做家务，因而一时无法适应住宿生活。小凡是位勤劳细心的女孩，主动帮我打热水，教我整理内务，我们很快便混熟了。

在班上，小凡是最勤奋的学生，日历上写着励志短语，每天换一句。晚上我们睡下后，她躲在被窝里打着手电看书，早上醒来看不见她，她早就在宿舍走廊上诵读英语。也因此，每次考试成绩下来，她都遥遥领先。

后来，分了文理班，宿舍里新来两位女生。她们人长得俊俏，打扮得如花似玉。

起初，她们半开玩笑地抗议说，小凡，你干吗这么用功啊？让我们觉得很有压力。她的脸红了，抱歉地朝她们笑笑。渐渐地，那些人的话语变得刻薄起来，心里仿佛有一只叫“嫉妒”的小兽在跳跃，冷冷的话如无形的箭一般刺向她。

可她从不辩解，继续做自己的事，失望之余，她们搞起恶作剧。

下了夜自习，回到寝食，她打开手电灯不亮，少了一节电池。刚打回一瓶热水，转个身，里面的水被人给倒空了。她们一脸得意，捂着嘴吃吃地笑。小凡低头皱眉，轻咬着嘴唇，一语不发。

这些恰好被我看在眼里，或许是我的心里也住着一只小兽，或许是怕受到她们的排挤，性情柔弱的我选择了缄默。我甚至将这一切，归咎于她的争强好胜，也就有意地疏远了她。

半年后的一天，小凡接到一个电话，匆匆地离开学校。过了一个多月，她回到宿舍，看上去消瘦憔悴了许多。随后的摸底考试，她的成绩并不理想，在别人放肆的嘲笑声中扭身跑开了。

我从教室里出来，独自漫不经心地走着。忽听到校园一侧的花丛中，传来低低的哭泣声，断断续续，若隐若现。

我循着声音望去，小凡站在一棵花树下，单薄的肩膀轻轻地耸动着。一阵风吹过，片片花瓣如雨般簌簌落下。我想上前安慰她几句，却不知该说些什么，只好悄悄地转身离开。

第二天的课堂上，老师不仅没有责备小凡，还对她提出表扬，我这才知道事情的真相。

她10岁那年，父亲因病去世，家成了风雨中飘摇的小

舟。体弱多病的母亲打工供她读书，她暗下决心要好好学习，将来当一名医生。前段时间，是妈妈的病又犯了，她在医院陪护。

老师说，小凡很用心也很努力，这次没考好不要紧，我相信她会很快赶上来。说完，老师用鼓励的目光看着她，冲她点点头。教室里骤然间响起一阵掌声，我有些惭愧地扭头望去，见她眼中泪光闪动。

她的成绩很快升上来，那年高考，考上一所有名的医学院。我想向她道一声祝贺，却没有勇气说出口，再后来忙着迎接大学生活，慢慢淡出了彼此的视线。

后来，从同学那里陆续听到她的一些消息，考上了研究生，毕业后留在上海的一家大医院工作，把母亲接过去同住。日子如流水般缓缓淌过，岁月静好，安之若素。这次同学会，她专门请了假，坐飞机赶了回来。

我正兀自想着，小凡不知何时走了过来，笑吟吟地问，叶子，你还好吗？其实挺想你的。同学们在喝酒，唱歌，传来一阵阵喧哗的声浪。她说太吵了，努努嘴，示意我到屋外的露台上。

随意聊了一会儿后，我有些期期艾艾地说，你知道吗？那时你学习那么好，让我们都很嫉妒。她说，我知道的啊。我忽然一怔，原来，她心里如冰雪般透彻。

沉默了片刻，我忍不住小声问她，你有没有责怪我们？

她摇了摇头说，妈妈告诉我，当你比别人强一些时，会遇到嘲讽和冷落，不要被嫉妒的目光绊倒，只管向前奔跑。如果有一天，你站在一个更高的地方，他们对你只有仰望。到那时你会发现嘲讽也是一种激励。

说罢，她轻轻地挽着我的手，一如当年。我浑身微微一震，心中多年的愧疚终于释然。

这时，听到有人喊，快来拍照合影了。同学们纷纷聚拢过来，她被众星捧月般簇拥在中间，一脸的笑，眼中满是灼灼光华。她是蚌，将一粒折磨心灵的沙子磨成闪亮的珍珠。而我差一点与这份美好擦肩而过。

载于《文苑》

嫉妒就像一把双刃剑，是有两面性的。可以让人认识到不足，从而改进变得更好。也或者，陷入自责愤怒的旋涡里，毁了一生。

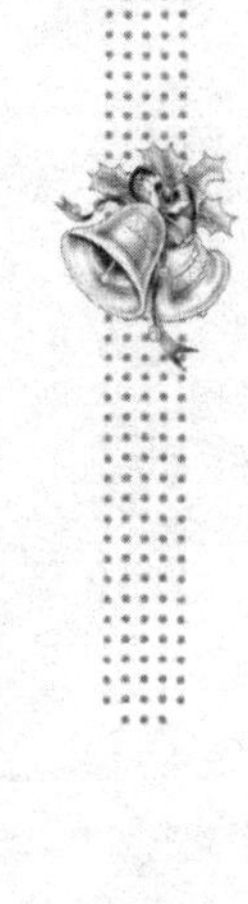

塞班岛的救赎

文/李良旭

生命在他里头，这生命就是人的光。光照在黑暗里，黑暗却不接受光。

——《圣经》

塞班岛是位于太平洋和菲律宾海之间的一个小岛，得天独厚的地理环境，使得塞班岛就像是镶嵌在蔚蓝色海洋上的一颗明珠，水天一色，熠熠生辉。这里有晶莹剔透的海水，银白色的沙滩和色彩斑斓的珊瑚礁。塞班岛，被誉为“旅游者的天堂。”

塞班岛纽卡约大街有一家超市，每天来这家超市购物的主要是来这里旅游的外国游客和当地的居民。超市里除了生活日用品，还有就是当地出产的旅游纪念品，生意十分兴隆。

一天，住在这家超市不远地方的 12 岁小姑娘珍妮来到这家超市。珍妮是一个非常美丽、可爱的小姑娘，金黄色的头发，像瀑布似的披散开来，一双琥珀色的眼睛，像蓝色的海洋清澈透明。在学校里，珍妮还是学校文艺团的小演员，她常常在舞台上表演精彩的节目，同学们都喜欢看她的表演，称她是“塞班岛的花蝴蝶。”

可是，珍妮家经济条件不太好，她生活在一个单亲家庭里，母亲是塞班岛的一名导游，每天带着游客往返于塞班岛与吉利奥岛之间，常常不能回家。珍妮一个人还要带着一个7岁的小妹妹。小小年纪，她就很懂事，为了减轻妈妈的负担，她会做很多事了，像个大人似的。

学校开学了，珍妮又要表演节目了。她很想买一只口琴，那口琴，能吹出动听的音乐，班上的黛丝就有好几只这样的口琴，每次学校表演文艺节目，她都会登台拿出几只不同的口琴，吹起美妙的歌曲。那歌曲像百灵鸟一样动听、婉转。她想，如果自己也有一只那样的口琴，也一定能吹奏出美妙的音乐，她一定就是一只真正的"塞班岛的花蝴蝶"了。

这口琴在纽卡约大街超市里就有卖的，她已经看过很多次了，只要15美元。可是，令她难过的是，在她眼里，这支口琴太贵了，她根本舍不得买。她常常带着妹妹到超市里玩，总是喜欢走到摆放那口琴的地方，她将口琴拿在手里，轻轻摩挲着，眼睛里流露出深深的渴望与希冀。

妹妹看见了，天真地说道："姐姐，你要是喜欢就买一只吧!"

珍妮用手轻轻抚摸着妹妹柔软的秀发，摇了摇头，将口琴又放到货架上。妹妹抬起头，忽然看到姐姐眼睛里不知为什么有一丝闪闪发亮的泪花。

有一次，珍妮看到一个和她一般大的女孩子，看到这只口琴，欢喜不已。她母亲看到女儿喜欢，就毫不犹豫地给女儿买了一只。望着她们母女俩离开的背影，珍妮站在那儿，一动不动，久久凝视着，她咬了咬嘴唇，大脑好像在激烈地思考着什么。

这天晚饭后，珍妮让妹妹在家待上一会儿，她出去一会儿就回来。看着珍妮急匆匆的背影，妹妹喊了一声："姐姐快点

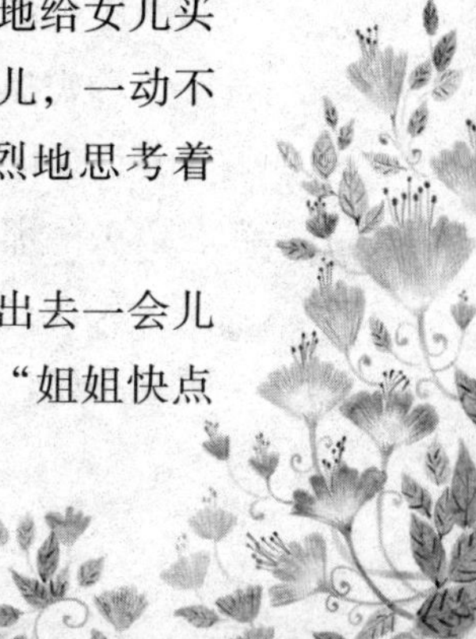

回来啊，你还要教我唱歌呢!”

珍妮一个人来到超市，她径直走到摆放口琴的地方。她将口琴拿在手里，她感到自己的心脏跳得很快，手心里还有细细的汗渍。她四下看了看，发现今晚顾客很多，熙熙攘攘，人们都在专心致志地选购商品。

珍妮将口琴紧紧地拿在手心里，她感到紧张的心都要跳出来，这个念头在心里想了很长时间了，当终于要付诸行动时，她还是感到紧张得要命。她四下看了看，发现人们都在选购商品，没有人注意到她，她心里好受了些。她将手中的口琴慢慢地塞进口袋里，向超市出口处走去。

近了、近了，她已经看到超市门外的椰子树了，听到了海浪拍打沙滩发出的沙沙声响。只要再跨出几步，那支口琴就属于自己了。珍妮心脏简直要跳出嗓子了，她迈步刚跨越门口，门口的报警器突然响了。

那突如其来的警报器声响，引起许多顾客注意，人们纷纷向珍妮这边看来。珍妮大脑一片空白，她的腿僵硬了，再也迈不开步子了。

这时，一个女营业员走了过来，她对珍妮说道：“小姑娘，你看下口袋里是不是装了什么东西没有付款?”

珍妮下意识地从口袋里掏出了那支口琴。营业员见了，脸一下子变得严肃起来，她严厉地说道：“按照超市规定，拿了东西不付款，要按十倍的比例罚款。”

珍妮痛苦地将眼睛闭上，心里在默默念叨，我该怎么办?

许多顾客也围绕上来，有的人在指指点点，有的人在窃窃私语……那一刻，珍妮感到时间凝固了，自己的心都碎了。

就在这时，只听到一个深沉的声音在威严地训斥道：“玛丽亚小姐，你说话怎么这么没有礼貌，这是我的孙女，她跟我说了，她要来买一支口琴，我对她说了，这支口琴钱由我来付。”

“什么？卡拉奇先生，这是您的孙女，真的对不起？”

珍妮睁眼一看，只见是一位头发花白，面目慈祥的老人，他正在训斥女营业员刚才的粗暴和无礼。女营业员见了这位老人，窘迫极了，她连连赔着不是。

老人走到珍妮面前，将她掌心上的那支口琴握紧，笑眯眯地说道：“孩子，刚才都怪我，我把这事给忘了，如果我先把这15美元付了，就不会弄出这个笑话了。好啦，没事了，快回去吧！”老人说罢，轻轻地抚摸着珍妮的头，将她转过身，送她出了门。

一阵海风吹来，珍妮感到眼睛湿漉漉的，她勇敢地抬起头，轻轻地对老人说道：“卡拉奇先生，我会还你15美元的！”

老人笑呵呵地目送着珍妮走去，惊险一幕总算过去了，可珍妮心中一直忐忑不安，她想，那位老人是谁呢？他为什么要帮我？他将我从地狱一下子拉到了天堂。

过了几天，珍妮怀里揣着15美元，又来到超市。她想找到那个叫卡拉奇的老人，她要将15美元还给他。可是，来了好多次，也没有见到那个老人。一天，珍妮看到超市门口有一个慈善箱，慈善箱上有一行字：这个世界上，总有一些人生活得不如意，献上一份善意，会给生活在底层的人，带来一份希望和勇气。

珍妮久久地回味着这句话，心里荡漾起一缕暖融融的感觉。她走到慈善箱前，将手中的15美元，郑重地投了进去……

一晃，又一晃，珍妮长大了。她从音乐学院毕业后，成了一名口琴演奏员，她常常用那只口琴向人们吹奏美妙的音乐。

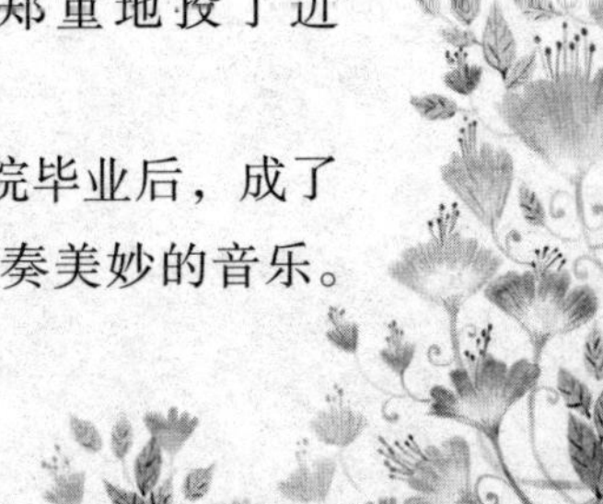

声音悠扬、婉转，在人们心里久久回荡着……同时，她还是一名热爱慈善事业的公益员。

她在向人们宣传慈善事业时，常常讲起自己小时候的一个故事。她说，是那个叫卡拉奇的老人，教会了我一个人应该有爱心。卡拉奇老人不仅救赎了一个孩子的心灵，也使那个孩子走出了阴影，像千千万万个孩子一样，健康成长起来。塞班岛，永远是人间天堂。

这个塞班岛救赎的故事，传遍了塞班岛的每一个乡村渔港。如果你来到塞班岛旅游，纯朴、热情的塞班岛人，一定会给你讲起那个塞班岛救赎的故事，这个故事，在人们心里荡起绵绵不绝的回味和感动。

是的，有一种救赎，润物无声，但它却在人们的心田里，燃烧起永不熄灭的火焰，照亮了每一个人的心灵。

载于《知识窗》

这个故事是温暖的，在一个人开始犯错的时候，用无声的爱去化解，这无异于给孩子上了最宝贵的一课。她一定会学会怎么去做一个光明的人。

向左走向右走

文/学 学

世界上没有更好的路，你选择的那条并且坚持下去的就是最好的路。

——卢思浩

“毛姆，小矮子，结巴子，讲不出，急得哭!”放学了，一群七、八岁的小学生对着前面一个与他们一般大的男孩背影，嘻嘻哈哈说出了一番顺口溜。

那阵阵嘲笑声，像一把锥子深深地刺痛了那个男孩的心。那个男孩回过头来，看到班上的那些同学冲着他幸灾乐祸地嬉笑着，他恨恨地看了他们一眼，然后委屈地掉转头，跑进了路边小胡同里了。

毛姆是一个十分可怜的孩子。他的父母在他很小的时候，就因病先后去世了，他成了孤苦伶仃的一个人。他长得矮小、瘦弱，因自卑、胆怯和无助患了严重的口吃，一句话要憋好半天，才能结结巴巴讲出断断续续几个字。看到人们冷漠不屑的眼光，毛姆心里很难受。

毛姆上小学三年级了，一个名叫珍妮小姐的老师开始带毛姆这个班。珍妮是一个大学刚毕业不久的大学生，她一带这个班，就发现了毛姆这个孩子总是孤零零的一个人来来往往，她

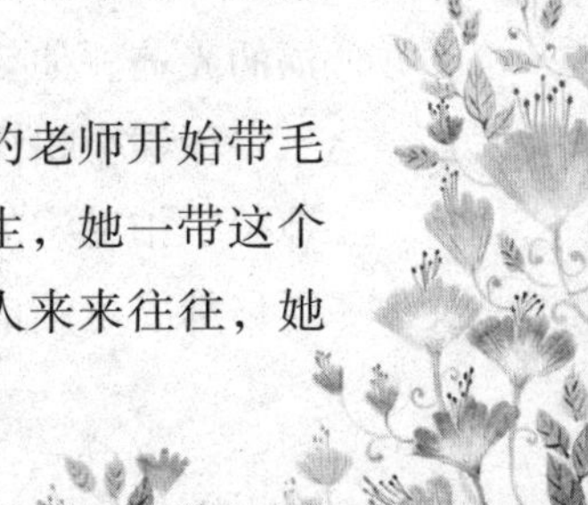

感到很疑惑：毛姆为什么不喜欢和其他同学在一起呢？

一天，珍妮小姐喊毛姆站起来回答一个问题。毛姆站了起来，脸憋得通红，也张不开口。有同学嬉笑道：“毛姆是个结巴，肚子里有话讲不出。”话音刚落，立刻引起全班同学哄堂大笑。

珍妮小姐全明白了，她请毛姆坐下来，对全班同学深情地说道：“我给大家说一个故事吧。”同学们听说老师要讲故事，一下子来了精神，全都抬起头，听老师讲故事。

珍妮小姐说道：“我从小生活在一个单亲家庭里，父母在我很小的时候就离婚了，我和父亲在一起生活。父亲是一个酒鬼，每天都喝得酩酊大醉，对我从来不管不问，久而久之，我就患了严重的口吃毛病，一句话结巴了半天也说不完，我变得更加自卑、胆怯和无助。”

“这一切，都被街坊一个名叫黛丝太太的老妇人看在眼里，她看到我从她家经过，和颜悦色地喊住了我，她抚摸着我的头说道：‘孩子，口吃不是什么大不了的事，许多孩子在她学讲话时，因受环境、教育、家庭等环境因素的影响，就患了口吃的毛病。其实，只要克服自卑、胆怯的心理，大胆地练习朗读，就一定会克服口吃的毛病。’”

“黛丝太太又说道：‘别怕，孩子，向左走向右走，都能走到成功的彼岸，每个人都不可能朝着一个方向行走。’”

课堂上鸦雀无声，同学们都聚精会神地听珍妮小姐讲着故事，有的同学边听边在认真地思考着什么。毛姆脸上闪烁着幸福的光芒，他望着珍妮小姐，眼里闪烁着感激的泪光。

珍妮小姐讲完了，她走到毛姆跟前，轻轻地拥抱着毛姆，她拍了拍毛姆的后背，说道：“毛姆，别怕，无论向左走向右走，都能走到成功的彼岸，每个人都不可能朝着一个方向行走。”毛姆眼睛里滚落下滴滴泪珠，他用力地点了点头。

上课时，珍妮小姐喜欢喊毛姆站起来发言，每回答完，珍妮小姐都热情地鼓励她，说他回答得很好。珍妮小姐在班上成立了一个演讲表演队，许多同学都积极报名参加，珍妮小姐鼓励毛姆也来参加。

毛姆嗫嚅道：“我……我……能行吗？”

珍妮小姐热情地说道：“怎么不行？你知道了我的故事吧，从前我参加学校的演讲比赛，还获得过第一名呢！”

毛姆听了，脸上露出兴奋的光芒，用力点了点头。

毛姆参加了演讲表演队，与同学们一起大声说话，慷慨激昂。在演讲中，毛姆看到了力量，还有希望……

很多年以后，已成为英国20世纪上半叶最受读者欢迎小说家的毛姆，在他的许多文章里，都有着珍妮小姐的影子。

他在出席《月亮和六便士》这本书的出版发行仪式上，对来宾们深情地说道：“我曾经是一个口吃很严重的孩子，我是那么自卑、胆怯和无助。是珍妮小姐让我树立了对生活的信心。大学毕业后，我原来是当了一名医生，后来，我选择了当一名作家。因为珍妮小姐告诉过我，无论向左走向右走，都能走到成功的彼岸。”

人们听了毛姆的演讲，心情久久不能平静。许多同学回到学校写了这样一篇作文：题目是——《向左走向右走》。

载于《演讲与口才》

人生有好多个出口，当然也就有好多个方向。无论从哪个方向出发，只要自己坚持走，就可以到达成功的彼岸。

神奇的预言

文/入世无尘

一个尝试错误的人生，不但比无所事事的人生更荣耀，并且更有意义。

——萧伯纳

杰布喜欢画画，可他却总是信笔涂鸦，还不挑地方作画。这不，不但自己家里的墙上、门上布满他的作品，就是邻居约翰牧师家的墙上门上也布满他的作品。每次约翰看到杰布在他家的墙上画画，便上前阻止，然后将墙上的画全部抹掉。没抹掉还好，一抹掉，倒是更给了杰布信笔涂鸦的空间。没几天，墙上又布满了杰布的画。

如果不抹掉，那些画在墙上会影响美观。于是，约翰只得一次次把墙上的画抹掉。抹到后来，约翰厌烦了，便将此事告诉了杰布的父亲杰克，希望杰克管管自己的孩子。杰克对杰布多次批评，可杰布依然我行我素。

没办法，杰克只好自己一次次将杰布画在约翰家墙上的画抹掉。约翰见老是这样，也不是个办法啊！

这天，杰布又在约翰家的墙上兴奋地信笔涂鸦，就在杰布画得高兴的时候，约翰从外面回来了。杰布心想这次又被约翰逮住了，肯定没好果子吃。没想到，约翰不但没有教训他，反而还上前认真地欣赏着他的画，然后笑着对他说："嗯，你画得挺好！进步不小哇！我看啊，以后你肯定能当画家！"

杰布吃了一惊："你说什么？以后我能当画家？"约翰认真地说："我敢肯定，以后你一定能当画家！"杰布顿时高兴地跳了起来："哦，我能当画家，太好了！太好了！"

约翰笑着说："墙上的这些画，别叫你爸爸抹掉了哦，它可是画家的作品，将来有价值！"杰布蹦蹦跳跳地回家去了，约翰见此笑了。

从此之后，杰布再也没有在约翰家的墙上画画了。每天，杰布都待在家里，用笔在本子上画画。

让约翰没想到的是，赶走了调皮的杰布，又来了一个捣蛋的大卫。大卫喜欢打架，他身强体壮，总是欺负别的孩子，大家都不喜欢他。没多久，他就没有伙伴了。这下，无聊的大卫开始捡石子砸玻璃窗玩，许多人家的玻璃窗都被大卫砸烂，约翰家也未能幸免。

约翰在玻璃窗被砸后找到了大卫家，为此，大卫被父亲狠狠地批评了一顿。当然，大卫对约翰怀恨在心，这天，大卫趁着约翰家里没人，将约翰家的几扇玻璃窗全都给砸烂了。就在大卫得意洋洋的时候，约翰回来了。

大卫见自己被约翰逮了个正着，顿时就慌了，心想这次肯定完蛋了。出乎意料的是，约翰不但没有教训他，反而还指着被砸烂的玻璃窗对他说："瞧，你砸得真准，力道十足！我想，要是你练习扔铅球的话，将来肯定能当冠军！"

大卫眼睛一亮："你说我扔铅球的话，将来能当冠军？"约翰认真地说："我敢肯定，以后你一定能当冠军！"大卫顿

时高兴地跳了起来："哦，我能当冠军，太好了！太好了！"约翰笑着说："冠军是不能砸窗户的，否则就犯规了！"大卫点着头说："我知道！我知道！"大卫蹦蹦跳跳地回家去了，约翰见此又笑了。

从此之后，大卫再也没有扔石子砸谁家的窗玻璃。每天，大卫都到公园的一个角落扔铅球。

杰布从没有停止过画画，每次别人问他为什么这么专心，他就将约翰的话告诉别人，说他将来能当画家。别人听了就劝杰布说那是约翰骗他的，可杰布不信，他说："约翰是认真的，他是牧师，他不会骗人！"

大卫也从没有停止过扔铅球，当然，也有人问过他这事，他跟杰布一样地回答别人："约翰是认真的，他是牧师，他不会骗人！"

20 年之后，杰布真的成为了一名出色的画家，而大卫也真的赢得了扔铅球的冠军。有一天，他们相约着来看望约翰。此时的约翰已经老了，面对两个有成就的年轻人，他笑呵呵将他们迎进家门。

杰布首先开口说："约翰先生，您的预言真准，您说我能当画家，我真的就当上了画家！"大卫赶紧接口道："是啊，您的预言真准，您说我能当冠军，我真的就当上了冠军！"约翰笑容满面地说："你们取得了成功，我替你们感到高兴！"

杰布问道："约翰先生，为什么您能预测到我的未来呢？"大卫也接口道："约翰先生，您就告诉我们真相吧！"

见两个年轻人着急的样子，约翰笑着说："说实话，当时的你们，实在令人讨厌，可你们并非无药可救，只是没人给你们指明一条道路。我只不过是给你们指了一条路。而你们，相信自己，并且为之努力，这才实现了我的预言！"

杰布和大卫顿时恍然大悟，原来约翰的预言并不神奇，它只是一盏灯，照亮了通向未来的道路。他们相信这盏灯，沿着它所照亮的路坚持走下去，这才成就了他们的辉煌。虽然知道了真相，但他们仍然非常感激约翰先生，因为是他的预言，才让他们满怀希望地走进了美好的今天。

载于《故事大王》

人生路上难免迷茫，庆幸的是，当我们快要放弃的时候，遇到一些好心的人，说了一些鼓励的话，然后我们就有了动力。这样真好。

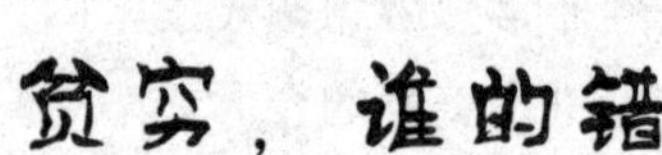

贫穷，谁的错

文/庐江布衣

拼一切代价，去奔你的前程。

——巴尔扎克

有这么一位大学生，成绩优异，但家境贫寒。一条洗得发白的牛仔裤，一双打满补丁的球鞋，他穿了六年，从高一到大三。早餐时，多买几个馒头，剩下的就当作午餐。勤工俭学挣的钱，他全寄回家做了妹妹的学费。他很自卑。走在校园里，他常低着头，默默无言。

一天，在课堂上，教授当着全班同学的面，对他说："昂起你的头来，记住，贫穷不是你的错！"

他豁然开朗，一下找回了自信。从此，他有了灿烂的笑容，一身布衣烂衫，穿梭在同学们中间，再也不觉得自卑。大四整整一年，他过得自信而充实，他觉得天地从未有过的开阔。

毕业后，开始找工作，没想到却处处碰壁。好不容易找到了，却又只能做个没有底薪的营销人员。但他又实在不是搞营销的料，工作一年，仅够养活自己而已。

他找到了教授，倾诉了自己种种不幸的遭遇，希望得到教授的教诲。

教授面容严峻，冷冰冰地扔出几个字：“贫穷，只能是你的错!”说完，教授拂袖而去。

他愣在当场，满心委屈，泪水在眼眶里直打转。

回去后，他痛定思痛，想了整整一夜。第二天，他背了满满一大包的方便面和几瓶矿泉水，外出推销产品去了。从此，他付出别人双倍甚至十倍的努力，业绩渐渐有了起色。

两年后的今天，他已是一家公司营销部门的主管了。回忆起教授，他充满了感激。第一次，教授给了他生活的阳光。第二次，他就像一匹疲惫而茫然的奔马，而教授，只是狠狠地给了他一鞭子。

确实，学生时代的贫穷，不是我们的错。我们完全可以坦然地去卖袜子，扫操场，领助学金。对谁，我们都能坦然地挺直腰板。但是，对于一个四肢健全的成年人，尤其是受过多年教育的年轻人而言。贫穷，再也没有任何借口！安居乐业，是每个人最起码应该做到的；若是这一点都达不到，那真的只能是你自己的错了。

载于《青年博览》

一个人不能选择自己的出身和家庭，可是在成年之后，所有的一切就只能你自己去扛，从那时候起，你的贫穷和富有就只能你说了算，过得好与坏，都是你自己的事。

我们都曾有过一把“绿椅子”

文/李良旭

如果我们能真正地举重若轻起来，至少在表达上，该是多么好。

——七堇年

20世纪70年代中期，那一年，我刚17岁，还是一名中学生。那时，还处于“文革”后期，人们的思想还十分封闭，对情与爱，灵与欲，更是被深深的压抑着。

我有一个好朋友，名叫许冬强，他生活在一个单亲家庭，和父亲生活在一起。他和我一样大，已长成一米八的大个子，喉结高高地凸起，说话也粗声粗气的。他性格内向，但他和我却是很要好的朋友，有什么心思，总爱向我吐露。

有一天，许冬强悄悄地问我：“什么叫偷人？”

我第一次听到这个词，感到很好奇，就问他：“我只听说过有人偷东西，没有听说过偷人，你怎么突然问这个问题？”

许冬强脸上忽然露出一丝淡淡的忧伤，他轻轻地说道：“没什么，我也只是随便问问。”

看到许冬强欲言又止的样子，我感到很疑惑。吃晚饭时，我突然想起白天许冬强问我的问题，就问母亲：“妈，什么叫偷人？”

母亲听了，脸上立刻露出惊愕的神色，问道："你怎么问这个问题？"

看到母亲严肃的神色，我只好嗫嗫嚅嚅将许冬强向我问的话对母亲说了。

母亲听了，脸上浮现出一种复杂的神情，说道："这孩子，这是大人的事，也跟着操这个心干吗？偷人，是指男女双方有不正常的私情。"

原来偷人是这么回事，可许冬强为什么要问我这个问题呢？

教我们语文的孟老师是一个三十多岁的离异女人，眉宇间，常常显现出淡淡的忧伤。这种淡淡的忧伤，更衬托着她一种成熟、丰腴的美感。我们许多同学常常在背后悄悄议论，她长得真美，我长大了就娶她当老婆。

许冬强悄悄地告诉我，他很喜欢孟老师，孟老师是天下最美的女人，如果孟老师将来能当自己的老婆就好了。

我听了大吃一惊，心里不禁涌出淡淡的酸涩：他怎么也有这个想法？怎么和我的心里想法一个样？

孟老师对我们学生十分亲切，同学们有什么不懂的地方，她总是耐心、细致地讲解。她对我们总是那么和蔼、那么可亲，特别是她会讲许多迷人、神奇的故事。她常常讲冰心的《超人》《往事》《冬儿姑娘》《小桔灯》，等等。那些美丽、动人的故事，常常让我们听得如痴如醉。

在那个文化生活十分匮乏的年代里，听到从老师嘴里讲出来的这些故事，不啻是我们这些孩子们生活中最幸福的一件事。在我们的眼里，她就是智慧的化身，我们许多同学都深深地爱上了这双眼睛，爱听她讲课，爱听她那永远也讲不完的故事。

上课时，每当孟老师从我的身边走过时，我就会闻到她身上散发出来的一种好闻的味道。那味道，真的让人陶醉。

有一次，她伏在我身旁，向我指出作业上的错误。不觉中，她的一缕发丝垂到我的脸颊，那一刻，我感到十分幸福，很想伸出手，去抚摸一下她那柔软的发丝。

一天下课后，孟老师把我叫到办公室。她从抽屉深处取出一本书，在书的扉页上写下行字："一分耕耘，一分收获。"

她把书递到我手里说道："你作文写得很好，好好努力，无论将来生活发生何种改变，都不要放弃。这是我送给你的奖品，好好看看，要保存好。"

我接过书一看，原来是我国著名作家冰心著的《寄小读者》。早就听说有这本书，可是从来没有见过，没想到老师竟把她心爱的这本书送给我，这里面饱含着老师对我多么大的希望啊。我激动地将书紧紧地贴在胸前，那一刻，我感到自己是天下最幸福的人。不知怎的，那一刻，我心里突然有了一种冲动和渴望……

许冬强大概被内心的思念所折磨，他竟大胆地给孟老师写了一封信，信中向老师倾诉了他对她的思念，他让老师等着他，等到他长大了，就娶她当老婆。

听到许冬强对我说，他给孟老师写了一封信，吓得我目瞪口呆。我说："在心里想想就算了，怎么还给老师写求爱信?你这不是疯了吗?"

许冬强听了，两眼闪烁出一缕幸福的光芒，他缓缓地说道："我没有疯，这是我内心真实的想法，我必须要说出来，无论结果如何，我都会坦然地接受。"

老师来上课了，我紧张地望着孟老师，心怦怦地跳个不停，心想，这下许冬强要挨批评了，而且还要出丑了。

出乎意料，孟老师很平静地上着课，就像什么事也没有发生过似的。这堂课结束时，孟老师放下书本，眼睛深情地望着台下一张张青春洋溢的脸，目光中流淌着水一样的柔情，只听到她缓缓地说道：“同学们，你们现在就像是挂满枝头那一只只青涩的苹果，要等到苹果成熟，还需要经历日晒雨淋的浸染，还需要经历虫害、病菌的侵袭，才会慢慢成为熟透了的苹果。同学们，随着年龄的增长，你们会走向社会，将会认识更多的人，在那些人中间，一定会有一个美丽的女孩子或者男孩子，与你十指相扣，共同走向美好的人生。到那时，你一定会充满激情地说道，‘亲爱的，你就是我一生相依相偎的依靠。’”

老师充满情感的描述，在我们每一个男生和女生的心里，荡起层层涟漪，温暖在我们每一个人的心中。我看到许多男生羞涩地低下了头，许冬强更是将头深深地低下。

老师脸上露出一缕幸福的红晕，她说道：“下个星期，我就要结婚了，他就是我们学校的张老师，他的爱人因病去世已3年了，这些年来，他一个人带着个孩子的确很不容易。在共同的工作中，我们产生了感情。同学们，我希望得到你们最真诚地祝福和热情的掌声。”

老师讲完了，寂静的班上突然响起了热烈的掌声，许冬强还带头站起身来，用力鼓着掌，他的眼睛里闪烁着一丝晶莹的泪花……

许多年过去了，我们当年的那些同学回到母校参加同学聚会，孟老师也被邀请来参加我们这些同学聚会。孟老师老了，她成了一个满头银发的老太太，满脸的皱纹，似乎早已看不出当年的丰腴与美丽。她看到我们这些风华正茂的年轻人，脸上露出慈祥的微笑。

许冬强走到孟老师跟前，轻轻地拥抱着孟老师，然后，他

笑着问孟老师："您还记得当年给您写信的那个青涩小男孩吗？"

孟老师脸上荡漾出一丝幸福的红晕，笑道："记得呢，谢谢你！你那封信，让我看到了自己的美丽和青春，成为我人生中最美好的回忆。那是你们青涩年纪里，一种爱的萌动，青涩而美丽。它让你的一生，多了一份回忆和温暖，刻骨铭心，悠扬而深远。"

孟老师的一番话，引起大家一片温暖的笑容，大家一个一个走到孟老师跟前，拥抱着她，嘴里亲热地喊了一声："孟老师，我爱你！"

孟老师笑了，那幸福的笑容，像盛开的菊花，婆娑、逶迤……

新近上演了一部韩国演片，名叫《绿椅子》。这部影片片头有这样一段告白：但凡单纯男孩和女人都会经历这种情感，这是不可否认和回避的：由情生欲，由欲生爱。这部影片用积极的人生态度和人性宽容，为我们塑造了一个唯美的爱情故事。32 岁的文姬和 19 岁的少年玄产生的感情纠葛，让我们看到了人性的欲望和真情，在观众心中荡漾出绵绵不绝的回味。

看了韩国影片《绿椅子》，我不禁流泪了。在我们青葱岁月里，在我们内心里，都曾有过一把"绿椅子"，这把"绿椅子"，虽然浇灭了我们欲望的火焰，但它让我们有了一瞬间长大的感觉。

载于《中学生》

那时年少，冲动，感情是真的，却不是正确的，感谢那些和蔼的老师，教会我们许多道理。

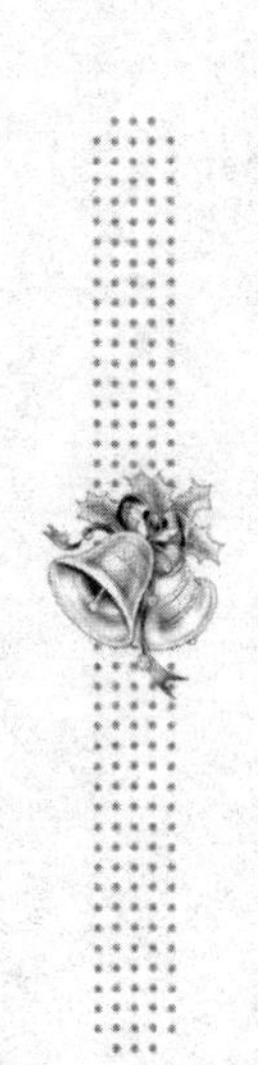

那些列队行过的伤害

文/安　宁

没有自尊的人，即近于自卑。

——莎士比亚

大学毕业的时候去一家单位应聘，领导看看我的简历，不咸不淡地说一句“还挺优秀”，便将我的材料压在一大摞文件下。在这个城市无依无靠的我，那时一心一意地认定，只要我可以执著地表明我对这份工作的热情，让他们相信我完全能够胜任这份工作，那么我便一定可以获得我想要的未来。

被这样的信念支持着，我带着十二分的小心和尊敬，再一次敲开了那位领导的门。领导看见我进来，将正端着的一杯茶啪地放在桌子上，不耐烦地说：“没看见我正忙着吗？来之前不打电话，有没有一点礼貌？赶紧出去！”我的脸腾地红了，站在门口，竟然不知道该如何退进。最后看那领导铁青的脸，为了找寻一碗粥喝，我强迫自己丢下颜面，轻轻道一句“抱歉”，掩上门，在走廊里等着他忙完再叫我进去。

走廊里时不时地有人经过，好奇地看我一眼。那时的我，在别人的注视下，感觉像是回到了很多年前，在小学里因为做错了事或者背不出课文，而被老师罚站。正是初春，走廊的一扇窗户，没有关严，风呼呼地灌进来，将我被一副遭人不屑的躯壳包裹着的心冻到疼痛。

不断有人敲门进去，向那个领导汇报工作。而他，一次次瞥见站在门口的我，却是假装什么都没有看到，照例不紧不慢地听取着工作总结，翻阅着公文。间歇，他也会开门走出去，到洗手间方便。可是即便是擦着我的肩膀，他的视线也始终是傲慢的。我在他的眼中不过是门口的一点垃圾，或者玻璃上的一抹尘灰，只要昂着头走，完全可以视而不见。

他终于在快要下班的时候，“看到”了我，说：“过几天再来看看消息吧，虽然你很优秀，但我们也要经过讨论才能最终决定。”说完，他便将最后一口茶喝进口中，又“噗”一下吐出一片茶叶，就像吐掉我被他贬损过的心一样。而我在他这样的轻慢里，终于明白：一份求来的前程，无论如何地光鲜耀眼，都是不值得走下去的。

又想起读大学时一个曾经的朋友，彼时我与她情同姐妹。凡是在街上遇到喜欢的衣服或者首饰，我一定会买两份回去，双胞胎似的与她穿出去张扬。我为了她，甚至冷落掉了自己的爱情。

大三的时候，学院里要向学校推荐一个人参加全省的优秀学生干部的评选。我与她，作为学院里的活跃分子，同时被老师们选中。但名额有限，只能选择其一。最后学院领导决定，通过学生公投的方式，由选票来决定最终人选。

那一段时间，她对我的态度突然变得很微妙。人前她依然与我嘻嘻哈哈，形影不离，似乎什么都没有发生过。她还开玩笑似的说：“全校只有我才有资格参加这场全省的角逐。她自己甘愿当一片安静的绿叶，陪衬在我这朵芬芳花儿的周围。”

我一度被她这样的话感动，想着即便是最终选定的是她，我也一定不会有丝毫的遗憾与嫉妒。

可是我并不知道，她转过身便背着我，开始悄无声息地在人群中拉起了选票，还用小小的手段“贿赂”老师，甚至不惜在学院领导们面前说我在工作中种种的失误和缺陷。

如果仅仅这样也就罢了，让我没有想到的是，她竟然跑到我的面前，甜言蜜语地说，她决定不参加什么劳什子的投票选举了，让老师们直接将我的名字报上去。所以，我也不用费力地去在老师同学们面前刻意地表现什么。我几乎是感动得流出泪来，抱住她说，不用她让给我，只要她有这份情谊就够了。我要和她公平的竞争，如果哪个通过了，另一个必须请对方去吃哈根达斯。

这句话的温度还没有在我心里完全地消失，结果便出来了：她的票数，高居榜首；而我，则被远远地甩在了后面。当天晚上，便有一个老师无不遗憾地说，其实论能力与人缘，我在她之上，不知为何我竟没有像她一样紧锣密鼓地在下面“活动”。

“你可知道？为了拉选票，她还请了老师们吃饭呢。”

我记得彼时的自己犹如被一把刀子无情地穿过，剧烈的疼痛，几乎将我彻底击倒。这样的疼痛，一直到毕业来临，我们形同路人各奔东西的时候也没有消散。

几年后在社会中摸爬滚打，再回头看到那些外人给予的伤害，印刻在岁月磨砺过的肌肤上，竟是生出感激；记忆的手指轻轻抚过，有微微凸起的疤痕，却是再也没有了曾经钻心刺骨的疼痛。

我知道这时的自己，已经足够地成熟，可以从容地面对尘世中那些列队般行过的伤害。正是它们，让我的生命有了最柔韧动人的姿态。

载于《格言》

每个人都曾被深深伤害，每个人都有这样辛酸的成长时刻。可是后来我们突然就明白了，我是有骨气的，我是有尊严的，我就是我，不流俗，不张扬。虽然没有一跃而上，但至少是为自己有尊严地活着。

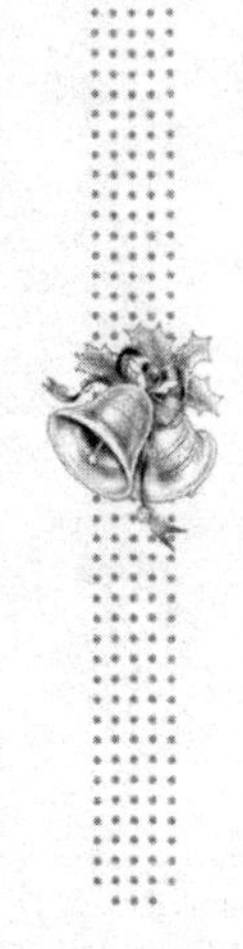

只要站直，就能撑起一片天

文/君　燕

每个人都会犯错，但是，只有愚人才会执过不改。

——西塞罗

从小，我就是个顽劣的孩子。“兵荒马乱”充斥了我的整个童年——爬树上墙，掏鸟窝捅马蜂。虽然常常被弄得狼狈不堪，但我却乐此不疲。在学校里，我更是极尽所能地发挥自己的“天性”。上课捣乱、下课打架，仗着自己的一身蛮力，“征战”全校园。

很多同学见了我都厌恶地绕道走，仿佛我身上有什么肮脏的东西。可我看到他们的眼神里，除了不屑更多的是恐惧。就是那些恐惧，让我的虚荣心得到了极大的满足和鼓励，甚至还为此而沾沾自喜。

我的种种劣迹让老师们都摇头叹气、头疼不已，批评、责罚对我来说已是家常便饭，满不在乎是我一贯的态度。有位老师气急，嘴唇哆嗦着说我“厚颜无耻”。我摇头晃脑地嬉笑着，一如他头上随风飘摆的头发。

是的，对于已经“修炼成精”的我来说，一切都无所谓。大不了老师拿出最后的杀手锏——叫家长。叫家长我也不怕，老实巴交的父亲在老师面前只会唯唯诺诺地点头，然后转身给了我一记响亮的耳光。在我看来，那巴掌只是为我之前闯下的祸来个完美的收官。因为这之后，父亲便会带着我一家家地去道歉，忙不迭地赔医疗费，修补损坏的东西。而我需要做的，只是在父亲的责令下一次次的鞠躬或者下跪。然后，开始我新一轮的“南征北战”。

我的无法无天开始变本加厉，直到闯下了那个大祸。那天，同学们在悄悄议论新来的校长，言语之中尽是尊敬和崇拜，还说估计全学校的同学们都怕他。最后的这句话一下子激起了我的斗志：我怕过谁呀？我还偏就要治治这个校长，看看到底是谁厉害！同学们都吃惊地望着我，仿佛看一个从未见过的怪物。只有几个平时在一起玩的“小兄弟”朝我竖起了大拇指，支持并怂恿我去完成自己的“壮举”。

那天放学，我守在校长回家必经的一条小路上，这是一条坑坑洼洼的小土路，道路两旁长满了野草。我把一条细钢丝拴在路旁的一棵树上，然后攥着绳子的另一头藏到了树对面的草丛中，钢丝绳静静地躺在杂草丛生的小土路上，不细看还真看不出来。天色暗下来的时候，我终于看到校长骑着那辆老旧的自行车驶了过来。

当自行车驶到我面前时，我猛地一下拽起了钢丝绳，毫不提防的校长“啊”的一声摔了个人仰马翻。看着地上淌着的鲜血，听着校长痛苦的呻吟，我一下子慌了。惯于闯祸的我意识到自己这次可能犯了个大错，却又不知道该怎么办，呆立了片刻之后，我便落荒而逃。

第二天，便传来校长住院的消息。众人的目光一下子聚集在我身上，我第一次感到了恐慌和不安，因为有消息传来，说校长要因此开除我。很快父亲便急冲冲地赶到了学校，不由分

说地拉着我往医院走去。父亲气得发紫的脸色倒让我一下子安定下来，大不了跟校长跪下认个错，反正父亲在，一切都会摆平的。

校长安静地躺在床上，头上、腿上都缠着厚厚的纱布。一进门，父亲急忙跟校长道歉，不善言辞的父亲说了几句便一把扯过藏在他身后的我，喝到："还不跪下！"我一惊，膝盖便不由自主地弯了下去。不等我跪下，校长却挣扎着坐起来扶住了我。他看着我的眼睛，一字一顿地说："不要跪下。"老实的父亲见此慌了起来，校长不让我下跪显然是不肯接受我的道歉，不肯原谅我。于是，父亲狠狠地打了我一耳光，更加严厉地说道："跪下！"校长仍坚持扶着我，说："如果认错，请站着认错。"他望向我的眼神里充满了鼓励和肯定，没有一丝一毫的埋怨和苛责。经历了那么多认错道歉的场面，每次都不乏抱怨甚至责骂。但这次温和的场面却深深地触动了我的心——我为什么要无缘无故地去伤害这么一个善良的老人呢！

听完我的道歉，校长微笑着说："人要学会承担，学会为自己的错误买单。道歉的时候也要站直，只要站直，就能撑起一片天。"我不记得自己是怎样从医院走出来的，但回到家时，我却做了一个决定：我要用一个暑假的努力，用自己的劳动去补偿校长的医药费。

整整一个暑假，我奔波在建筑工地上，顶着烈日，搬砖、活灰、送料。这一切对于我来说都是那么的艰难，但我强迫自己咬牙挺下去，我要为自己的错误负责。直到此时，我才发现自己曾经犯下的错误给父亲带来了多少苦累和心痛。当我把一个月的辛劳所得给校长送去时，我站得比任何时候都要直。我感到了前所未有的充实和满足，这才是我一直想要的那种感觉。

此后，不管在何时何地，我都牢牢记着校长的话。是的，后来我所经历的事实也印证了这样一个道理：只要站直，就能撑起一片天。

载于《妙笔阅读经典》

一个坐得端行得正的人，是会有出息的，暂时的困难和阻碍不会阻挡他前行的脚步。每个人的一生，拼的其实就是人品。

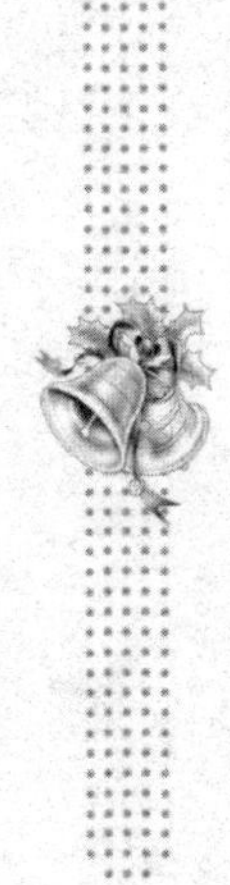

每个生命都是一种行走

文/雷碧玉

人生的光荣，不在永远不失败，而在于能够屡扑屡起。

——拿破仑

晚饭后，我在小区散步碰见小凯，他微笑含糊地喊了声“阿姨”，便摇晃着身子走开了。

小凯是我的邻居，是个先天性脑瘫青年。在他出生时，因为缺氧导致脑瘫，好心人曾建议他的父母放弃治疗，说即便是好转也难以像正常人一样生活。小凯的爷爷奶奶也抹着泪，执意要他的父母放弃，再生一个健康的宝宝。望着襁褓中熟睡的小生命，想着十月怀胎的艰辛，小凯的妈妈实在不忍心：“既然生下了他，我就不能抛弃他。即便是残疾，他也是一条生命。”

从稍微懂事起，小凯就知道自己和正常人不同，无法盘腿端坐，无法正常说话，行为举止常常成为别人的笑柄。已辞去工作的母亲每天都不辞辛劳地帮他按摩，翻身，教他说话。即便是不能发出一个正常音，母亲依旧笑着重复不知多少遍的词。

“小凯，是不是也想跟小朋友一样上幼儿园?”一天外出，看着怀中的小凯紧盯着操场上玩耍的小朋友，妈妈问道。

不会说话的小凯歪着头，依在妈妈的肩上笑了。小小年纪的他并不知道这笑意背后的艰辛，只是每天哭着跟妈妈做那些在普通人看来再简单不过的动作，很疼，只为能天天看见小朋友唱歌跳舞的身影。

长大了，看着多数脑瘫病人甘于卧床，小凯苦恼郁闷，也明白了之前父母的良苦用心。他希望选择另一种生活，希望能和正常人一样行走说话。为此，他付出了常人无法想象的艰辛，终于可以像现在一样，微笑坦然地行走在街上，终于可以含含糊糊地和你打招呼说话。

所有人都被小凯感动着、震撼着。我们知道，脑瘫患者能够盘腿坐稳已是奇迹，更别说走路说话了，然而小凯却用行动为我们带来了惊喜，让我们感受到一种不屈服于命运、坚强自信的乐观精神。

在逆境中表现出来的顽强最能打动人的心扉。我想，小凯能抛开世俗的眼光，傲然行走在大街上，不仅仅在锻炼他的身体，更是在锻炼他的自信。内心对生命的执著与热爱支撑着他，在人生的道路上一步步顽强地走下去。

我们知道，人一生下来，就有一条适合自己的路，关键是你该如何去寻找最适合自己的那条路。也许这条路过于平坦，也许这条路充满了荆棘与坎坷，然而奇迹和命运却可以靠自己书写，小凯正是用自己的坚强意志改写了自己的人生。

记得有句话说得好：“命运的建筑师其实就是你自己，没有人能够打倒你，真正击败你的便是你自己。”我想，小凯能够坦然行走在大街上，不仅是为了观赏世间的美景，更是为了倾听自己内心深处的声音，那震撼心房的“咚咚”声，代表着一种希望，一种生命的延续。

每个生命都是一种行走，坚持走下去，就一定有希望。

载于《才智》

无论是否愿意，只要你活着，就是鲜活生命的进行，尝试让它燃烧出火焰吧！照亮自己，照亮别人，这才是生命的意义。